# 孙祖往事

高　军
宋允举
王升理
　　著

上海文艺出版社
Shanghai Literature & Art Publishing House

图书在版编目 (CIP) 数据

孙祖往事 / 高军 , 宋允举 , 王升理著 .-- 上海：
上海文艺出版社 ,2024.--( 忻州书香 / 梁生智主编 ).
ISBN 978-7-5321-9112-3

I.I267

中国国家版本馆 CIP 数据核字第 2024ZF6155 号

发 行 人：毕　胜
策 划 人：杨　婷
责任编辑：李　平　韩静雯
封面设计：悟阅文化
图文制作：悟阅文化

书　　名：孙祖往事
作　　者：高　军　宋允举　王升理
出　　版：上海世纪出版集团　上海文艺出版社
地　　址：上海市闵行区号景路 159 弄 A 座 2 楼
发　　行：上海文艺出版社发行中心发行
　　　　　上海市闵行区号景路 159 弄 A 座 2 楼 206 室　201101　www.ewen.co
印　　刷：成都市兴雅致印务有限责任公司
开　　本：880 × 1230　1/32
印　　张：95
字　　数：2280 千
印　　次：2025 年 7 月第 1 版　2025 年 7 月第 1 次印刷
I S B N：978-7-5321-9112-3/I.7164
定　　价：398.00 元（全 10 册）

告读者：如发现本书有质量问题请与印刷厂质量科联系　T：028-83181689

# 前　言

　　我们三人是孙祖中学（初称沂南五中，后改名孙祖中学、代庄初级中学等，现为孟良崮实验学校）1977 年入校、1979 年毕业的高中九级学生。那级高中学生开始是三个班，为了应对考学又分为快班和慢班，不久又分成大专班和中专班，分别学习高中和初中课程，我们三人进入大专班并坚持了下来。1979 年夏天，我们没有参加高考，而是遵从学校和老师的安排参加了当年的高中中专考试，全部被录取，随后参加了工作。

　　宋允举是南匣石村人，王升理是姚家岭村（原名姚家官庄）人，高军虽原籍是大庄镇茶臼庄村，但出生于孟良崮林场，落户于书堂村，三人对孙祖这片热土一直充满浓厚的感情。

　　在 2023 年 9 月的一次相聚中，高军提议是否搞一个"三人行"活动，主要用散文的形式写我们在孙祖镇那片热土上的生活，回忆乡村、回忆亲情、回忆童年、回忆过往的零散碎片，出版一本以散文为主的文学作品集，并力争在春节前每人完成三十篇或七八万字的文稿。以此为不断离去的亲人、老师、朋友等，为逐渐变化的故园，为不断凋零的往事留下一份文字的映像，也为地域文化的积淀和丰富作出些许奉献。这一提议得到了宋允举和王升理的响应和支持，并且立即进入创作状态，开始了创作活动。唐朝诗人孟郊的朋友刘言史《林中独醒》有句："未得浑无事，瓜田草正繁。"这次写作，让我们本来的平静生活，激起了文学的涟漪，在"草正繁"的故乡原野，也在我们的精神世界里，开出了鲜艳的花朵。

宋允举是全国中医肛肠学科著名专家，先后在《药学进展》《中国肛肠杂志》《吉林中医药》等发表学术论文多篇，在《临沂日报》等发表散文。王升理爱好文学由来已久，业余时间笔耕不断，在中学时期就创作了大量诗歌，后来也写过中短篇小说、散文等，曾在《阳都文字》等发表小说、散文、诗歌若干。高军的文学创作也坚持了很多年。由于都有相应的基础，这个专题创作进行得相当顺利，用了不到半年的时间，创作和编辑就完成，速度是相当快的。

我们这次合作，颇切合团结就是力量的道理。《周易·系辞上》："二人同心，其利断金；同心之言，其臭如兰。""二人同心"后演变为"三人同心"，明朝人王济《连环记》中说："三人同心，其利断金。"柳青的著名长篇小说《创业史》中，也有"三人一条心，黄土变成金"的谚语，都是形容众人同心协力，能顺利做成任何事情。我们三人心往一处想，劲往一起用。"君有奇才我不贫"（郑板桥），大家互相鼓励，互相督促，互相鞭策，互相欣赏，所以才有了这次的成功合作和合作结果。

在这些作品中，宋允举、王升理的文章都是新近创作的。高军也新创作了一大部分，由于他原来就有这类作品，收入书中的有新作也有以前的作品。这些作品，都是我们三人真性情的自然流露，都是对生我们养我们的那片土地的真挚抒情。

同学友情醇厚绵长，路也正长，我们会继续赓续为故园做文化方面的事情，以绵薄之力报答那片曾经生养我们的土地。

2024 年 3 月 21 日早

# 目 录

## 淘文苑札记
### 宋允举

怀念父亲 ……………………………… 003
父亲的自行车 ………………………… 007
怀念母亲 ……………………………… 012
舅　舅 ………………………………… 018
我的表姐们 …………………………… 027
我的"初升高"考试 ………………… 034
我在孙祖联中的高中生活 …………… 039
我在沂南老五中的学习经历 ………… 046

## 流光逝水
### 王升理

打马向山西 …………………………… 063
屠龙恩仇记 …………………………… 072

## 且读斋走笔

高 军

四分之一条牛腿 …………………… 081

书堂映像 …………………………… 084

书堂回望 …………………………… 090

苹果树 ……………………………… 094

法桐树下 …………………………… 097

春树暮云 …………………………… 101

母亲的孝心 ………………………… 105

防震棚 ……………………………… 109

我家的条编用品 …………………… 112

蚊子草 ……………………………… 115

# 淘文苑札记

宋允举

作者简介：

宋允举，男，生于 1959 年 6 月 4 日，汉族，中共党员，籍贯山东省沂南县孙祖镇南匣石村，已退休。原在山东省临沂市中医医院工作。历任中医士、中医师、主治中医师、副主任中医师。曾任临沂市中医医院肛肠科副主任、主任、临沂市中医医院肛肠医院业务院长、首席专家、临沂市中医医院国家级中医重点肛肠专科学科带头人、重点专科研究室主任，临沂市中医医院国家中医药管理局"一体化诊疗模式创新"中医肛肠试点单位负责人。曾兼任中华中医学会肛肠分会常务理事、山东省医师协会肛肠分会副主任委员、山东省中医学会肛肠专业委员会副主任委员、世界中医药学会联合会固脱疗法研究专业委员会常务理事、临沂市中西医结合学会肛肠外科专业委员会主任委员、北京肛肠学会盆底专业委员会副主任委员。"全国中医肛肠学科名专家""临沂名中医药专家""临沂市优秀科技工作者"。先后完成省市级科研课题 5 项，先后在《药学进展》《中国肛肠杂志》《吉林中医药》《沂蒙中医》《沂蒙晚报》等刊物发表学术论文和科普文章多篇。在《临沂日报》发表散文 1 篇。在肛瘘（高位）、混合痔（环状）、便秘和慢性溃疡性肠炎的治疗方面，有自己的独特学术见解和临床疗效，有区域学术地位。

# 怀念父亲

2017 年（丁酉）正月初六，我的父亲悄然离世，走完了他平凡而多彩的 90 年人生路。他一生做人诚实，干事认真，同情弱者，嫉恶如仇，光明磊落，不靠山头。对待家人，尽职尽责，教育子女，立根诚信，言传身教，承袭家风。不愧为一位好丈夫，好父亲。

由于我家是半脱产家庭（即父亲在外上班，母亲在家务农），父亲对家人的付出更显辛苦，但我在 7—8 岁以前对父亲是没有确切印象的。可是，父亲却无时无刻不在关注着我、关心着我，总是在我最需要时刻来到我们身边。在我 4—5 岁时，暮春时节，我和哥哥、弟弟同时染上麻疹，当时正值春忙，母亲一面备播春田，一面备织粗布的棉线，突然增加三个病人，窘况可想而知。哥哥岁数稍大，抵抗力比我强，弟弟尚在襁褓中，得到相对好的照顾，均得以顺利康复，我却出现了并发症肺炎。记得在某一天早晨，我被从昏睡口叫醒，让吃早饭，我眼睛也不睁地哭叫起来，大喊我不吃饭。也许我已有几天不吃饭了，母亲也急了，就哄我说："你想吃什么？"我依旧闭着眼说："吃糖包子。"然后就什么也不知道了。到了晚上点灯时分，我再一次被唤醒，让吃糖包子。那时农村蒸东西一般没有笼布，用煎饼代替。我一睁眼，看到糖包子的底部粘着黑乎乎的瓜干煎饼时，一阵反胃，马上闭上眼睛，任凭怎么叫喊，我再也不睁眼了，后来又听见母亲焦躁的叫骂声，之后就什么也不知道了。后来据母亲讲，我睡去后就基本没有了气息。母亲立即让大姐到镇驻地给父亲发电报。姐姐那时也就 12—13 岁，很难想象她当时是怎么走了 10 里路去完成任务的。但姐姐还是完成了任务，父亲当晚就骑车从临沂赶到家里。父亲看到我的样子，就对母亲说快穿衣服吧，可见我当时还赤条条的，母亲说没有新衣服。因为当地风俗，小孩死前要穿新衣服。父亲问有布吗，母亲就把一块深蓝印白花的粗布拿给父亲，父亲连夜给我做了一身裤褂，黎明时分穿到了我的身上。父亲给我做的这身救命衣服，我一直穿了好几年，后来弟弟又穿了几年。有一次被弟弟丢了，我母亲又找了回来。再后来就不知所踪了，估计是变成做鞋底的材料了。等到穿好衣服，我又逐渐恢复了气息。父亲当即用自行车带母亲和我来到临沂，经过抢救，我顺利康复，并且第一次看了电影。后来才知道看的是《小兵张嘎》，因为张嘎与房东家的小姑娘在水面上划船的唯美景象被永远印在脑海里，其他细节都忘记了。

父亲虽然救了我的命，然而我对他的音容相貌仍然没有半点印象。只记得病好后，父亲送我们回家，那时要过汶河，水很深，又是傍晚，他脱掉长裤，先把我背过河，找个沙窝让我坐在里面，再扛过自行车，最后背母亲过来。这一切记忆只是影子而已。

1966 年夏天的一个傍晚，吃过晚饭，母亲用两条凳子，在院子里支起一个床铺，我和哥哥、弟弟躺在上面，摇着扇子，在满天星空里找"走星"，就是能看出运动的星，很难找，有时一夏天也找不到一颗。因此，被孩子们当成比眼尖的竞赛活动。突然我家的小黄狗叫着蹿了出去，钻出门下边的狗洞后又摇头摆尾地跑了回来，母亲说："快开门去，你爷回来了。"我们跳下床，一溜烟跑到大门口，打开门，果然父亲回来了！他上身穿一件圆领汗衫，下身穿一条短裤，脚穿一双鞋垫子，推着自行车，后座上绑着一个大西瓜。我们欢天喜地围着他，来到院子里，亲热一番后，又向西瓜冲去，不一会工夫就把西瓜报销了，这可能是我有生以来第一次吃西瓜。在以后的一个多月时间里，父亲白天带领我们下地干农活，有时会去王殿吉婊大爷的看瓜屋子玩，我们又能吃上梢瓜，有时带我们到河里捕鱼。傍晚吃完晚饭后父亲盘腿坐在我和哥哥的床上，右手上夹着烟，弟弟坐在他的腿弯里，我偎依在他的左背侧，哥哥则坐在对面的杌子上，听他讲故事，讲的故事有《智取威虎山》《铁道游击队》《钢筋铁骨》《平原游击队》《孤坟鬼影》等等，有时教唱我们歌曲。

直到这时，父亲的形象才真正印在了我的脑海，他高高的个子，清瘦的体形，白皙的皮肤，长脸高鼻，大眼睛，头发乌黑浓密，脸上总是带着笑，男中音富有磁性，穿着朴素，衣服上总是打着补丁，双手食指、中指被烟熏得焦黄。父亲下地能干活，还会讲故事，还会唱歌，还会捕鱼，又在大城市上班。我为有这样的父亲而无比自豪，特别是当把父亲讲的故事再讲给小伙伴听时，看到小伙伴渴求的眼神，自豪感就更加强烈。

中国有句老话，叫因祸得福，用在我的身上，再合适不过了。农村的学校，每到农忙季节，都会组织学生干些力所能及的农活。我上一年级时，学校组织去拾棉花，不到收工时间，我口渴难忍，就利用休息间隙，跑到最近的同学家里，舀上一瓢凉水狂饮下去，然后跑回工地继续劳动，没想到被凉水呛了肺，落下一个咳嗽的毛病，秋冬大咳，春夏小咳，严重影响了健康。父亲知道原委后，第二年秋天找人给我配药治疗。晚饭后，父亲给我敷上药，搂我睡觉，给我讲故事，抱我撒尿。连续一周的时间，不仅拔除了我的病根，保护了我的健康，也让我享受了浓浓的父爱。每当睡醒后听着父亲的呼噜，闻着父亲带着烟味的气息，心里总是美滋滋的。

以上是记忆心间、永难忘怀的父亲爱我的几段往事，其实我从小到大父亲的关爱是车装不完，船载不尽的。可是还没等到我去报答，父亲就悄悄地离去了，让我永远欠下了报恩债。父亲的逝世，并不仅仅使我失去了父亲，也使我失去了一位好老师。以前每写一篇文章总要他修改修正。丁酉年正月初五晨起，父亲已早起坐在沙发上，问我睡得怎样，我说一般，然后父亲就叮嘱我好好睡觉，我要上班就走了。出门后见天空群星璀璨，微风轻轻，就拟了一首五言（去岁年初五，天地充浓雾。今又逢初五，繁星闪太虚。河汉渐转向，东风惊万物。财神终朝忙，步点踏晓鼓），打算初六晚上让父亲修正。戊戌正月初五晨起，见满天乌云堆积，丁酉正月初五早晨的情景又浮现眼前。因再拟一首五言，以怀念父亲，只可惜父亲再也不能为我修改了（丁酉年初五，星密微风舞，戊戌又初五，堆云天欲雨。去岁伴慈父，座前还共语。今朝寻椿迹，化神已入土）。

2018 年戊戌正月初六，父亲整整离开我们一年了，我多想父亲能来到我的梦中，给我教诲。可一年来父亲一次也没有到过我的梦里，常常以为遗憾。后来有位友人说，去世的老人不到谁的梦里，就是对谁放心。此话稍能宽慰我心。

愿父亲在山的那一边长乐安宁！

2018 年 2 月 20 日

（发表于 2018 年 3 月 9 日《临沂日报》"银雀"版）

# 父亲的自行车

　　父亲过去在临沂地委办公室上班时，单位给配了一辆"大国防牌"的自行车，作为他的办公用车。从我记事起那辆自行车就已经锈迹斑驳，老旧不堪了。可是它依旧是父亲工作生活的重要帮手。同时也为我们姊妹们平添了不少乐趣，最起码我和弟弟是利用父亲回家过年的时候用它学会骑自行车的。

　　它既是父亲的交通工具，跟随父亲走遍了临沂地区的山山水水。还是父亲的运输工具，我家里用的几口大瓷缸，就是父亲从临沂买好后再用这辆车带回家的。这样的大瓷缸我在临沂市城里曾经用自行车带过，车晃得厉害，很难平衡，虽然只走了十几里路，就被累得腰酸腿软胳膊麻。当年父亲带着缸走的却是一百多里地的山路呀，加之父亲还是一位"老慢支"，其中艰辛可想而知。另外家里一应农具等，也都是父亲从临沂买好后用这辆车运回家的。父亲也经常把买好的小猪骑着这辆自行车送回家。

　　这辆自行车还是我们家的客运工具。父亲常常用它把母亲及我们姊妹从临沂送回老家，或从老家接到临沂。

　　这辆自行车在跟随父亲近六十年中发生的故事真是数不清道不完，今仅凭自己所知讲几段。

　　父亲从 20 世纪 60 年代初开始就到当时的临沂地委办公室担任秘书工作。那时，他们一班秘书人员经常出发，到基层调查研究，然后写调查报告，为领导决策提供依据。调查农业情况时要下到农户，全面了解农林牧副渔的生产和山水田林路的修建状况。工厂调查时要到车间班组，跟工人师傅了解生产情况和产品质量问题等。总之是要到最基层去，了解最基层的信息。

至于平常准备的专题会议材料，也要做专题调研，为领导提供讲话材料和大会资料。年终时，则是工农商学全面调研，这个时候，他们秘书班子就会集体出动，分头调查。交通工具当然是自行车。

据父亲在世的时候讲，有一年秋收结束之后，他们一班秘书（有于叔、杨叔、可能还有丁叔，其他人我忘记了）五六个人，骑上自行车，浩浩荡荡上沂源县去调研。

过了沂水县之后，山高坡陡，路不好走了。恰在此时，他们身后传来汽车的声音，可能是我于叔提议，说："拦下这辆汽车，让司机师傅带我们一程吧。"大家都说可能拦不下，于叔说行不行的试试再说。

于是他们停下自行车，齐刷刷站在路边等着，汽车开近时父亲他们一起招手示意停车。司机师傅靠路边停车后，大家才知道这是一辆运煤炭的车。当司机师傅获知父亲他们的搭车需求后，居然同意了。父亲他们都非常高兴，向司机师傅道谢后，就七手八脚地把自行车搬上汽车，父亲他们也爬上汽车，各自找到合适的，在煤堆上铺上旧报纸坐下，待他们坐稳后，司机师傅启动汽车前行。

父亲他们坐在汽车上，虽然汽车的扬尘和风刮起的煤灰把大家弄得灰头土脸的，可他们也省了不少力气，轻松了许多，关键加快了赶路速度。因此他们在车上风趣地说笑着，气氛和谐愉悦。

可"好事多磨"，汽车快到沂源的时候，一侧后轮的双胎爆了一个。汽车不能行驶了，司机师傅只得靠路边把车停下来。父亲他们也无奈地连人带自行车都下了汽车，想安慰一下司机师傅，又不知如何开口，因为大家都觉得这次爆胎是与他们有关系的。这时，司机师傅却先说话了："你们都有公事，你们赶紧走路吧。轮胎我自己能换，你们在这里也帮不了什么。再说我还不知道什么时候才能换好轮胎。你们就先走吧，别误了公事。"

见司机师傅这样说，大家也就愧疚地跟司机师傅道别，然后纷纷骑上自行车赶路了。

多少年后，父亲在讲起这段往事的时候，充满了对那位司机师傅的敬意和歉疚之情。因为他们五六个人和各自的自行车，重量最起码要一千多斤，这样就使得本来已经装满货物的汽车超载了。因此他觉得那次爆胎事故就是由他们引起的。

在父亲的秘书生涯里，他和他的一帮同事们经常骑着自行车到临沂地区的各个县域，类似这样的故事肯定不少。只是父亲他们都没有说出来而已。我现在记下这段故事，就是要记住父亲这一辈人生活的艰辛和对工作的极端负责的态度。

因为我的扁桃体自小就经常发炎，每次发炎都会疼痛发烧。父亲知道后，就让母亲带我去临沂看看。

1972年夏天放暑假后，母亲就带着我和妹妹赶到离我家十五里路的张庄坐公共汽车来到临沂。第二天父亲就带我去了现在的临沂市人民医院耳鼻喉科看病。经医生检查，建议手术治疗。接着就做手术前的检查准备，次日一早父亲又带我来到医院，医生把我一人带入手术室，安排我坐在一个小圆凳上，头靠在圆凳靠背上部的卡窝里，然后医生给我蒙上头，让我张开嘴，给我打上麻药，手术很快就做完了，恢复得也很快。手术一周后，父亲就准备把我们送回家。

临回家的前一天晚饭后，父亲就开始收拾自行车。他在车横梁近车把处固定好一个小板凳，板凳上垫上一层厚厚的软垫子，这是给妹妹准备的座位。再在车后座上固定一个叠好的小包被，这是母亲的座位。最后在车后座的两侧向后固定两根长约半米的木棍，把包裹顺行绑在两根木棍上。收拾好这些后，大家就休息了。

第二天一早，大家吃过早餐后，父亲把我送到长途汽车站让张费江叔叔安排我坐公共汽车回家，他则骑自行车送我母亲和妹妹。

我随张叔一路顺利，来到黑风口水库东边葛岸线的交叉路口，我下了汽车，正准备顺葛岸线向北走，父亲骑着自行车带着母亲和妹妹也到达了这里。我们跟张叔道别后，一起步行回家了。可见父亲一路上是走得很快的。

我也有过一次骑自行车从老家回临沂的经历。一九八零年放寒假在家过完年后，父亲让我骑自行车先回临沂。当时我非常高兴，觉得这次终于能过骑自行车的瘾了。正月初六早饭后，八点多钟我就骑上自行车出发了。开始骑得很快，心里还美滋滋的，可过了上峪村就来到了青驼镇北面的大垭口，坡路又长又陡，我骑不到一半就蹬不动了，没办法，只能推着自行车上坡。下坡时本来是可以欢快地自由滑行，可当时这条路还是沙土路，车子快了容易被沙子滑倒，那样就危险了。我的一个邻居就曾在这里摔过，所以，只能刹着车慢点走。

过了青驼接着是徐公店位置的大漫坡，还是骑不动，只能推着车走。然后就是大峪崖和沙汀峪大坡，我都是推车上去的。

过了半程镇，下坡路多了，可这时我的屁股被坚硬的、人造牛皮革的车座硌得疼痛难当，根本不敢坐下去，所以只在下坡的路段才骑车站在上面滑行一会，大部分路段还是推着车走。到下午四点多才来到父亲的宿舍。这一路我足足走了八个多小时，腿和屁股疼了好几天。以至于好长时间都厌恶自行车。

我单人单车都被折磨成那个样子，可父亲骑的车上总是带着人或物，都是外加一二百斤的重量，真不知道他是怎么坚持下来的。或许是他在临沂地区各县域内长期来回骑车以及骑车来回回家，经年累月锻炼的结果。

我们小时候，父亲回家时总是在三更半夜里。有时我们被他的叫门声吵醒，多半情况下是第二天我们睡醒后才知道他回家了。

后来，父亲单位清理公物时，这辆自行车被父亲花四十元钱买了下来，从此它就成了我家的私产。

那时我正好刚毕业参加工作，这辆车就又成了我的交通工具。上班之余，我也骑着它去东关约会女友。当时解放路东关那一段年久失修，路面坑坑洼洼，夏天积满泥水，只能骑在车上硬闯。一次在闯水沟时，因为颠簸把车横梁前端的焊接点挣断了，父亲干脆给我买了一辆新车，又找焊工花钱把旧车的断点给焊上。

从此这辆旧车又成了父亲的专车，在以后二十多年的岁月里，父亲继续骑着它接送下一代的上幼儿园和上小学的孩子，周末还带着他们出去游玩，平时则骑着它买菜购物会朋友。到八十多岁骑不了自行车的时候，依然推着它，把它当作拐杖和购物车。

后来父亲推车也困难的时候，这辆自行车终于成了家里的摆设。再后来，父亲就把这辆跟随他五六十年的自行车当废品卖掉了。

这辆自行车不仅承载了我们家庭的生活变迁，更承载了父辈们艰辛而丰富多彩的生活，还承载了父辈们健康向上的精神状态和对工作认真负责一丝不苟的态度。因此，我非常怀念父亲的这辆"大国防"的自行车。

2024 年 4 月 10 日

# 怀念母亲

2023 年 9 月 11 日，农历癸卯年七月二十七日母亲与世长辞了，享年 95 岁。

母亲是 1948 年秋天 20 岁的时候跟父亲结婚的，两人共同生活了 69 个春秋，养育了三男两女，五个子女。因父亲在外工作，母亲一人把我们拉扯大，其中艰辛可想而知。

据母亲说，我的姥爷姥娘一共育有七个子女，夭折了两个男孩，存活了我大姨、二姨、舅舅、我母亲和四姨。大姨、二姨很早就出嫁了。舅舅自小体弱多病，又是姥爷姥娘家的唯一男丁，所以家里家外的事情都不舍得让舅舅做。四姨最小干不动活计，加上共产党八路军来到沂蒙山区建立根据地后，大力开办抗日小学，家里就让四姨上学了。这样，母亲就成了姥爷姥娘的主要帮手。农忙季节姥爷带着她去田里劳作，农闲时节及晚上姥娘又带着她推碾、推磨、烙煎饼、炒菜、做饭，以及搓棉花谷锥、纺线、缠穗子、络篓子、裁剪、缝补、纳鞋底、上鞋帮等；姥爷把她当男孩待，姥娘又把她当女儿养。这样，除了耕耙和场里的杈、耙、扫帚、扬场锨这些重体力活外，其他农活样样都难为不着她，女红厨艺也才艺出众。因此，八路军来了以后，才十几岁的她就能缝军衣、做军鞋，挣小米补贴家用。又因为母亲个子长得早，八路军几次要带她去参军，但每次都被姥姥给拦下了。

母亲嫁给父亲以后，前几年日子过得还是比较安逸的。因为我们家乡是老解放区，早就完成了土改，我们家也分得了土地，父亲又有织布的好手艺，再加上父亲识字、算盘打得好，故抗日战争后期就为区乡政府做些临时性工作。1949 年脱产到孙祖镇工作，一年后调沂南县委宣传部工作。时间不长母亲也跟着住在了沂南县城，过起了城镇居民生活，这是母亲的第一次离开农村。

大概在哥哥两岁的时候，家乡由高级社向人民公社过渡，政府要求脱产人员家属一律回乡务农，母亲就带着姐姐和哥哥回到家乡。这次回乡时间比较短，加上当时各村都有免费托儿所，姐姐哥哥都在托儿所里，整个村子又都吃食堂，不用自己做饭，所以母亲只从事生产劳动就可以了，只是晚上自己照顾姐姐哥哥休息烦劳一些。

到 1958 年底沂南撤县后，父亲被调到临沂大众报社工作，就又带着母亲和姐姐哥哥来到了临沂，这是母亲第二次离开农村。

1959 年我出生刚满月，母亲又响应"回乡支援农业生产"的号召，带着姐姐哥哥和我再次回到家乡。这次回乡与第一次回乡不同，第一次回乡因为户口本来都在农村，只是在县城里住着。所以，也就相当于现在的农民工返乡。这次回乡却是把已经迁到城里的户口重新迁回农村。这次在家乡一待就是 20 多年，直到二十世纪八十年代初才落实政策得以回城。

第二次回乡与第一次还有一个不同，就是第一次回乡时农村里有托儿所，都吃大食堂，第二次回乡时就既没有托儿所，也没有大食堂。结果是母亲既是地里的劳动力，又是管理家庭吃喝拉撒、养儿育女的家庭主妇。20 世纪 70 年代以前床上铺盖的，身上穿的，也都是母亲用纺车一圈一圈地摇出来的。如果母亲没有在姥爷老娘家练就的童子功，这 20 年的艰苦生活是很难承受的。

农村人民公社化以后，公社为了预防青黄不接的情况，每口人除了分配一些近水的菜园地之外，还分配五厘饲料地。上世纪六十年代初，弟弟妹妹尚未出生，我家分得二分饲料地，在村后的后洼子，北面靠着东沟，西面靠着第六生产队的场，西北有几个小坟头，坟头边上有几棵不大的柏树。有一年初夏，母亲带着姐姐哥哥和我去栽地瓜。当时，哥哥正长蛤蟆瘟（腮腺炎），他穿着父亲以前的天蓝色长衫，就像拖地长裙一样，在地瓜沟里来回哭喊着，母亲却是顾不上照顾他。因为农时是要抢的，如果收麦之前栽不上，收麦以后就又要忙其它农活了，况且地瓜秧苗已经买来了，必须尽快栽完。母亲先在地瓜沟上刨出小坑，然后去东沟挑水，再一勺一勺地依次倒入小坑内，然后把地瓜秧苗栽上，姐姐负责培土。然后再刨坑挑水栽秧培土，直到完工。在这个过程中，任凭哥哥怎么哭闹，母亲就是一声不吭，做着自己的事情。我想，那个时候母亲的心里一定会是滴血的，因为哪个孩子不是娘身上掉下来的肉啊！可是家里家外只有她一个人，所有的事情都是她自己承担着。顾了东就顾不了西，顾了西又顾不了东，她只能依据轻重缓急承受着压力去安排了。

农村生活中，推磨是一项重要的劳作内容。冬季还可以一次多推一些东西，因这个季节气温低，烙的煎饼不霉变，存放时间能长一些，还可以晚上推，上学的我们也可以帮点忙。夏季气温高，煎饼容易霉变，晚上磨的糊子如果第二天早上再烙煎饼的话，糊子就酸了，只能早上现推现烙。这时我们就都去上学了，母亲只能一个人推，我们幼小的时候，更是如此了。

记得有一年夏天，清早姐姐哥哥都去上学了，母亲独自推磨，就叫睡梦中的我起来帮忙。母亲把我叫醒后，就又去推磨了。可是夏天的早晨真的是太想睡了，因为我们家的小西屋不仅低矮，还没有后窗，室内不通一点风，再加棉质蚊帐的遮挡，更是暑热难耐，因此上半夜是很难睡宁的。下半夜气温稍微低一点，刚安睡不久，两三点钟，恼人的鸟又"嘎吱嘎——

嘎吱嘎——"地一直叫到天明方才消停。所以，被叫醒的我翻个身又睡着了。不知过了多久，母亲叫骂着再次把我喊醒。我知道母亲发火了，立即起来跟她一起去推磨。虽然我的力气不是很大，或许母亲会觉得已经是两个人在推磨了，心理上会感觉轻快一点。

如果说推磨是一项力气活，那烙煎饼就是标准的技术活了。技术的关键是热鏊子，鏊子太热烙的煎饼就厚，不仅不好吃，还容易霉变。鏊子热度不够，糊子就不粘鏊子，也烙不出好煎饼。鏊子受热不均，烙出来的煎饼要么是"围包子"，要么是"花褡子"。母亲烧鏊子的技术是没得说的，如果是有鏊子过热、或不热、或受热不均的情况，她还会通过调整烙煎饼的速度来保证煎饼的质量。真正难到母亲的是没有柴火烧，原因是我们兄弟姐妹都上学，没有时间捡拾柴火，完全靠生产队分的粮食秸秆做柴火，一到春末，青黄不接，烧的柴火也没有了。有一年，父亲给买了一些烟煤，用麦糠泥制作了一个大炉子，把鏊子扣在上面，炉子下方侧面做出一个圆孔，插入一铁桶与风箱的出风口相连，以风箱吹出的风助燃，这样就可以用煤炭代柴火了。

可是，农村的厨房都是既没有窗子，又没有通风设备，烟煤产生的浓烟全都聚集在厨房里。煤烟气味呛人，且含有粘油。在这样的环境里劳作，就不能是"辛苦"二字能概括的了，简直就是受罪！我清楚记得，那次烙完煎饼后，母亲的眉眼鼻子里都是煤烟油，整个脸直接变成了包黑的脸谱。当时我想，一定要有时间就去好好地捡拾柴火，不要再让母亲遭这份罪。只是我捡拾柴火的能力太差，总是比不过其他小伙伴。

俗语讲"三春不如一秋忙"。进入农历七月，母亲就开始忙碌起来。先是做鞋子、缝被褥、做棉衣，接下来是收晒早秋农作物。进入农历八月，就是收玉米、收黄豆、为准备播种冬小麦整治农田。最后是深秋时节的攻坚战——收晒地瓜。

地瓜在 40 年前是家乡的主粮。它耐干旱、适应性强、好管理，关键是它产量高。可是，从收获到摆上餐桌却有繁多工序。在我村，地瓜刨出后，先运到河沙滩上（后来是先清洗泥垢晾干），再用搓板切成薄片，然后摆在沙滩上晾晒，晒干后集中起来运回家保存。食用时先把地瓜干用石碾压碎，放水泡开，捞出后用石磨磨成糊子，烙成煎饼，才能食用。秋冬季可以直接把地瓜做熟食用，也可以用碎地瓜干做稀饭喝。但主要食用方法还是做煎饼。

在收整地瓜的各个环节中，对我们家来说，最困难的就是运地瓜。原因是从分地瓜的地块到河沙滩最近的也有三四里路，远的五六里路，少的时候我家一天能分二三百斤，多的时候分到物流百斤。我家就母亲一个成年人，就算加上姐姐哥哥，一次也就挑一百五六十斤，队里分地瓜又都是在傍晚，所以我们家运完地瓜时就已经很晚了。

大概是 1967 年秋天（妹妹是这年春天生人），母亲带着姐姐哥哥去挑地瓜，我看着弟弟、抱着妹妹在大门口玩耍。天已傍晚，妹妹可能饿了，不住地哭闹，我只能抱着她不停地游走，不停地哄她，但是无济于事，累得我满头大汗。正在这时，母亲挑着两大筛子地瓜从宋允助家的屋头拐了出来，妹妹率先发现了母亲，哭闹得更厉害了，把我一撑一个歪拽，我紧紧地抱住她，生怕摔着她。母亲则是低头疾步向前走着。这时坐在门口的我家西邻居老三嫂对母亲说："四婶子，你还是喂喂她再挑吧。"母亲无奈地放下挑子，接过妹妹，为她哺乳。一边喂妹妹，一边不停地用手擦去额头的汗水。一会儿母亲就把妹妹递给我，不顾妹妹的哭闹，挑起地瓜头也不回地急速走了。我想当时母亲是不敢回头的，一是因为挑地瓜事急，二是可能母亲已经流泪了，怕被别人看见。

母亲回乡后，吃了多少苦，受了多少罪，谁也说不清，我的所见只是点滴而已。所以母亲虽然是平凡的，但的确又是伟大的，更是坚强的，不管遇到什么样的事，她总是能够坚持下来，我从没见过她流泪。只有一次例外，那就是送哥哥当兵回来后，她躲到里屋大哭了一场。这是母亲回乡后我唯一见过的一次哭泣。

母亲20世纪80年代回城后，又为抚养第三代忙碌了接近二十年。70岁以后才跟父亲过了一段平静安稳的日子。父亲2017年去世后，虽然有我们姊妹们轮流陪伴着，但是她终究没有走出父亲的环境。所以在父亲去世的这六七年时间里，她生活得并不幸福。更不幸的是，她在离开人世前，又遭了四十多天的罪，回想起来就让人难过。

母亲去世后，我含悲填了一首七律，放在文后，谨表悼念之情：

> 癸卯流火廿七寒，
> 慈母命归离阳间。
> 九十五载转瞬过，
> 几多辛苦几多甜？
> 四时农事胜须眉，
> 厨艺女红冠婵娟。
> 养育之德多未报，
> 来生衔草将恩还。

2023年9月24日

# 舅　舅

　　我的姥爷和姥娘共养育了七个子女，有两个男孩不幸夭折。因此，舅舅是幸存下来的五个姊妹中的唯一男丁，所以舅舅就自然地得到姥爷姥娘的特别关爱。加之舅舅小时候身体羸弱，几乎都是在疾病中度过，如此舅舅便更成了家庭的中心，得到了全家人的关爱。

　　在这样的环境里成长起来的人，大多都性情暴戾，自私懒惰。舅舅却是一个美丽的意外，他性情温和，与人接谈言语和缓，脸上总是挂着自然的笑容，从不起高声，待人和气，为人公道善良。舅舅童年虽被疾病困扰，但疾病却并没有影响他的生长发育，他个头高大魁梧，圆圆的大脸，色如重枣，一双小眼睛总是笑眯眯的，就如米粒一般。他生活节俭勤劳，每天早晨泡饮大红茶与抽旱烟是他坚持了一生的爱好。他不胜酒力，故不嗜酒。

　　舅舅与妗子共养育了八个子女，夭折了二子一女。妗子的最后一胎是龙凤双胞胎。正是这对龙凤胎，让妗子产后感染并夺走了她的生命，龙凤双胞胎也没有活下来。导致舅舅从四十岁就开始了鳏居生活，直到他 96 岁去世。50 年间他独自一人带大了五个子女，并为他们嫁娶成家，其中艰辛可想而知。

　　在以前，我们家乡女子出嫁后回娘家的日子大多都是给父母过生日，还有就是出了年后的正月十六，如果没有特殊情况一般是不回娘家的。母亲回娘家的时候会带着小的，大的有时自己偷跑过去了。我在姊妹五个中处中间，母亲带不着我，自己又不敢也没有能力偷去，所以我去姥娘家的次数是很少的，小时候对舅舅也没有多少印象。

我记忆中的第一次去姥娘家，大概是八九岁的时候，母亲带着我和弟弟妹妹一起去给姥娘过生日。这一次母亲能够带着我去，大概是因为哥哥姐姐都在外地上学，我自己在家里没法生活。这一次去姥娘家使我第一次对舅舅有了印象。我们到姥娘家时，他正在南屋厨房里烧开水。炉子在厨房门口东边的北墙侧，炉子的西边放着一个小杌子，杌子上放着一个茶盘，茶盘里有一把已经发暗的紫泥砂壶，和四个内白外红的茶碗，茶碗里有的已经倒上了茶水，说明舅舅已经喝了一定时间的茶水了。炉子的东边靠墙放着已经劈成条状的木柴。炉子里的木柴燃烧正旺，上面座着一把用铁皮制作下大上小的烧水壶，烧水壶的壶嘴和壶口盖的下面不停地冒着热气。

见我们来了，舅舅起身跟我们打招呼，然后就一边给我们倒茶水喝，一边跟母亲聊起来。我和弟弟不一会就去跟我的那些表兄弟们玩了。姥娘的生日是农历五月二十三日，已经是盛夏了，树上的知了特别多。所以大家先在院子南墙边的大榆树上粘了一回知了，又跟着二表哥去西山摘豆角。说是摘豆角，其实就是去疯玩，一会儿扑蚂蚱，一会儿追蝴蝶，一会儿又去赶小鸟。玩够了，又跟着表哥去村前的菜园里摘芸豆（俗名音"糜豆"），大家都争着推水车玩，水车提出来的井水清澈洁净，温度又低，大家就争着趴在水簸箕上喝凉水。玩够了水车，又用老葱叶子扣落在花朵上的蜜蜂，扣住蜜蜂后，捏住葱叶的口，放在耳朵旁听蜜蜂唱歌，非常有趣。

时间很快就到中午了，大人们也喝完酒了，就开始煮水饺。水饺煮好后盛在用高粱秸长高粱穗的那一节秫秸做的筐子里，表兄弟们就围着筐子大吃起来。吃完饭以后，就躺在姥娘家大门楼子里用大长方形的青石铺的地板上休息，这些大青石板的表面都被岁月磨的十分光滑，轻轻一扫就干干净净，夏天躺在上面清爽异常。

太阳还有一杆子高的时候，母亲带着我和弟弟妹妹，告别了姥娘、舅舅回家了。

我的第二次去姥娘家，是春节后的正月十六。吃完中午饭后，母亲就准备回家了，舅舅却说让我住一晚上。原因是十六晚上大队里要放"大鞭"庆祝元宵节，舅舅想让我看看热闹。我也听说过放"大鞭"场面非常壮观热闹，只是没有见过，所以我就请求母亲让我自己在姥娘家住一晚，晚上看完放"大鞭"后第二天再回去。母亲拗不过，再加上舅舅挽留，也就同意了。

我在姥娘家吃过晚饭后，天也完全黑下来了，舅舅就领着我到村后的场上去看放"大鞭"。

我们到了现场后，这里已经围着场地站满了人，男女老少，熙熙攘攘，焦急地等待着燃放开始。

放"大鞭"是我们家乡的特殊烟火。在编成串的鞭炮中，有各种各样的烟花爆竹，有个头较大、点燃后爆炸声极大的爆竹；有点燃后飞上天空的烟花；有点燃后在地上随意乱窜，被叫作"地老鼠"的；有点燃后躺倒从肚子上喷花的……总之是既有响的，又有喷花的，还有乱窜乱跳的，种类繁多，不可言全。

正因为如此，它对燃放场地要求严格，必须宽阔，远离易燃物，以避免火灾事故。燃放"大鞭"的人和助手也要事先做好防护措施，首先是扎紧上衣的袖口和裤子的裤口，避免烟花钻入。然后是穿上弄湿的长衫，避免烧着衣服。盛"大鞭"的笼子也用阻燃的物体盖好，如果崩进去一点火星，就有可能引起剧烈爆炸，危及生命安全。

把以上的准备工作做好以后，就可以燃放了。助手先捋出"大鞭"的头，燃放者提起"大鞭"，下端离开地面约二三十公分。点燃后，他们就提着不断燃烧爆炸的"大鞭"围着场地重复着转圆圈。助手不断从笼子里把"大鞭"往外捋，燃放者也不断向燃烧端捋，两人必须配合默契，不仅捋"大鞭"的速度要一致，行走的速度也要一致，这样才能高质量地完成燃放工作。在燃放时，如果有人向场地内挤，燃放者就把"大鞭"向那些人的方向轻轻一甩，点燃的鞭炮就会被甩到那边，那边的人都急忙向后退。这样就能保证场地不被挤占，也保证了燃放安全。

半个小时的燃放很快就结束了，很多年轻人都在抢捡场地上没有被点燃的"大鞭"，舅舅并没有参与，却是领着我回到姥娘家。睡觉时我和三表弟、四表弟一个床，非常拥挤，又因为换地方，一宿我都没睡好。天刚亮我就起床了，发现舅舅已经在厨房里烧开水喝茶了，就告诉舅舅我这就回家。舅舅让我吃完早饭后再走，我却坚持立即回去。舅舅拗不过我，就送我出门，到了村西边的小河边，牵着我的手走过用梯子做成的木桥，把我送到大路上，我坚决让他回去。他就站在高处，一直目送我走过"龙王涯"他才转身往回走去。

"龙王涯"是从西山上流下来的一条水沟，由于落差大而水流湍急，与河水交汇处，水流被迫变缓，并且形成涡流，卷走水底的泥土砂石，形成深涧。这个地方经常有溺水的事情发生，所以这个地方被叫作"龙王涯"，以示敬畏。舅舅一直目送我经过了"龙王涯"才回去，估计是怕我在这个地方出问题。

然而，我却并不怕"龙王涯"，我害怕的其实是回家必须路过的大桥村。当时的大路正好从大桥村的中间穿过。大桥村的小朋友都会在村中路上玩耍，有些小朋友性情顽劣，极好欺生。一旦有人带头，其他人也会跟着起哄。

当遇到陌生的小孩时，他们首先是截着路不让走，你上哪走他们就上哪堵，同时尚有言语的侮辱。其实他们这是故意激怒你，如果被截的人发火骂人或动手打人，那就上当了，他们会一齐动手痛打你一顿。

因此，当他们截路的时候，要不声不响，只管往前挤，这个地方不行，就换一个地方，只要有缝隙，挤过去就跑。当然，他们也会追赶，但一般情况下都是追不上的。

突破围追堵截、拉开他们二十多米后，还要边跑边不断地回头看看，因为他们知道追不上时会扔小石头或坷垃头打你，这时候就要充分发挥自己的闪转腾挪的本领，避免被飞过来的小石头击伤。他们扔过来的圆形的石头或坷垃头，其飞行方向从起点到落点基本都是直的，所以很好躲避。薄片的小石头由于飞行时是旋转的，所以它的飞行方向是不固定的，需要及时发现它的飞行轨迹进行躲避。飞行轨迹向右就向左侧躲避，飞行轨迹向左就向右侧躲避。

当跑到他们扔的东西也打不到了时，就要充分发挥自己嘴上的功夫跟他们对骂了，一直到对方作罢为止。

但是我这一次从姥娘家回来，却没有遭遇这样的事情，估计是我走得早，大桥村的那些小朋友们还没起床的原因吧。

后来姥娘去世了，母亲也基本不回娘家了，我们也不走姥娘家了，可我们每年都能见到舅舅。因为姥娘家东边有汶河流过，西边也有一条小河，就是我村小河的下游。所以水源充足，土地又都是油砂土非常肥沃，适合种植蔬菜。生产队里也种植一些蔬菜，主要是大白菜和水萝卜等，作为经济作物增加收入。舅舅是生产队的会计，卖白菜卖水萝卜主要是他赶集卖。赶孙祖集时正好经过我村，舅舅就把自己家里的蔬菜顺便给我们捎一些。初夏就捎水萝卜，我家不种这个。冬天就捎大白菜，我家的大白菜由于管理不善，大多长成"吮吮镲"（就是卷不起芯的白菜，菜叶平铺在地上，很像一片镲）。这样的白菜只能做"豆沫"吃（有的地方也叫"渣豆腐"），不能用油炒或做水饺的馅子。舅舅捎来的这几颗白菜就差不多够我家一个冬天油炒白菜和做水饺馅子用了。

舅舅赶孙祖集偶尔也会在罢集后到我家吃中午饭。记得有一次，舅舅赶集先到我家放下捎给我们的菜后，母亲让他罢集后来我家吃饭，舅舅答应了。

待舅舅走了以后，母亲就开始准备中午饭了。母亲先搬杌子放在房梁上挂着猪肉的下方，再踩着杌子用菜刀割下约三两的一块，那猪肉早已经干得像腊肉一样了。母亲把割下来的这块肉放到菜板上，再分出一小块切成肉丝备用。另一大块剁成肉泥，做包水饺的馅用。然后拿来一颗舅舅刚捎来的白菜，扒掉外层的老叶，再把白菜从中间纵行切开，把一半的上部叶子部分切下来，掺入葱花剁细放盘里，煎鸡蛋用，下部切成细丝，炒白菜用。另一半剁成碎末，放包袱内加压沥去水分后，再放入葱花生姜剁碎，放盆里与肉馅混合搅拌均匀，放食油、食盐和酱油，再次搅拌，水饺馅即成。母亲又从一个小瓷坛子里拿出一块二指宽的咸白鲢鱼放在盘里，又取出半张粉皮折碎后放小盆里泡着。做完以上这些事情之后，母亲就去和面，揉好放盆里醒着。趁着这个空闲，母亲又扒上一头大蒜，捣成蒜泥，放盘里，倒入适量的酱油、醋和少乍香油调匀，一盘蒜泥就做好了。

估计着快罢集的时候，母亲就去生火炒菜了。先炒白菜，因为白菜不怕凉。然后是用白菜叶葱花煎鸡蛋，先把两个生鸡蛋打入切碎的白菜葱花内，用筷子搅拌均匀，待锅里油热后倒入锅内，贴锅面的鸡蛋凝结后，用铲子分块翻过来继续煎，待两面都稍显焦黄时，倒入适量的水，继续加热，水干后出锅。最后是煎白鲢鱼，母亲先把放生白鲢鱼的盘里打入一个生鸡蛋，让鱼都挂上鸡蛋，然后备锅热油，把鱼和鸡蛋一起倒入锅中，鸡蛋稍凝固后即用铲子把鱼和鸡蛋翻过来，煎另一面，待鸡蛋全部凝固后，倒入一大碗清水，放入泡好的粉皮，盖锅慢炖约二十分钟停火，但不出锅避免凉了。

　　舅舅来家后，母亲就忙着给舅舅泡茶叶，把炒好的菜端上桌，一盘炒白菜、一盘煎鸡蛋、一盘白鲢鱼，加上一盘蒜泥，一共凑成四盘菜，再给舅舅烫上一壶酒。

　　舅舅一边坐到桌前，一边从袋子里拿出在集上买的炒花生送给我们吃。我们拿着花生就都自觉地到门外去吃了。因为老家的规矩，亲戚们吃饭的时候，孩子是不准上桌一块吃的。但我们也只是躲在门外，并不走得离家太远。

　　我们出门后，舅舅就拿起酒壶自斟自饮起来。舅舅不好酒，酒量也不大，大概就喝一两酒，但是却喝得极慢。母亲就借着这个时间，一边跟舅舅拉家常，一边包饺子。母亲干活极快，三五碗饺子很快就包好了。

　　母亲煮好饺子端上桌时，我们也一窝蜂地挤到门外，透过门缝看舅舅吃饺子。他用筷子夹起一个饺子，把饺子一端咬出一个小口，用嘴对着小口不断吹气以加速降温。饺子凉了以后，放在蒜泥盘的边缘，让饺子咬出的小口对着蒜泥向前一推，蒜泥就被填进饺子肚里，然后一下把这个饺子填到嘴里吃掉，这样重复着把一个个饺子吃下去。当把碗里面最后一个饺子吃完后，他掏出手巾擦干净嘴，拿起烟袋锅后，才对母亲说："我吃完了，让小孩来吃吧。"我们不待母亲叫，早就破门而入了。我们规矩地坐在桌前，等待母亲给我们分饺子，母亲给我们每人分十几个饺子，剩余的那是给年龄最小的妹妹的，她可能接下来几顿饭都是吃饺子，我们绝对是不能攀的。其余的菜母亲也把它们收拾起来，等到下几顿饭再吃，谁也不准动。这是母亲给我们立下的规矩。

　　这十几个饺子我是这样吃的，一个煎饼里卷四个饺子，吃两个煎饼用去八个饺子，最后剩下的几个饺子单吃，叫"香香嘴"。

　　到后来我上学了，舅舅到我家的时候就很难遇到了。再后来我们全家又都回到城里，见舅舅的机会就更少了。直到舅舅全都给子女们成家立业后，到冬季农闲时节，舅舅有时也会来城里看我们。

每次来我家，舅舅总是扛来一袋子炒花生。这些花生都是舅舅自己种的，也是舅舅亲自炒的。舅舅炒花生的水平很高，花生的外皮跟生花生一样，根本看不出是炒花生的样子，里边的花生米不搓去红皮也很难辨别出是炒过的。搓掉红皮嚼在嘴里却松脆异常，香气浓郁，非常好吃。由此，我每到冬天降临，就盼着舅舅来我家，盼着他的炒花生。

舅舅来我家一般就住三天五天的。那时由于通讯不发达，他什么时候来我们也不知道，所以他来时都是自己从车站步行到我家。但是他回去时我们都是用自行车把他送到车站，帮他买好车票。因为送舅舅去车站的事情，我还曾经跟父亲吵过一次。

事情是这样的，大概是 1983 年的冬天，舅舅来看我们，在舅舅回去的前一天晚上父亲交代我第二天早上去送他，我很痛快地答应了。

第二天早上六点十五左右我回到家里，母亲说父亲已经把舅舅送走了。我当时就不高兴，说好了让我去送的，为什么自己又去送了？正在这时，父亲回来了，一见我就吼了起来，问我为什么不早回来送舅舅！我说："我回来晚了吗？"父亲一听我反驳，立刻就恼了。他顺手拿起一个小板凳高高举起就要打我，并高声叫着："你做错了事还不承认，你认错！"那意思很清楚，就是我只要认错了，他也就不会打我了。可我也拗得很，就是不认错，并说"我没错"。父亲又把放下来的小板凳高高举起，这时我对他说："你让我去送我舅，我答应了，就一定做好。我舅的车是七点二十开，从我们家骑车最慢二十分钟就到了。我六点半去送，就算加上买票时间，也用不了四十分钟，怎么就晚了呢？再一方面你早把我舅送去，不是白白让他在车站挨冻吗？"我说完这些话后，父亲可能自觉理亏，再加上母亲劝解，这次风波也就过去了。自然那个小板凳也没有落到我身上。不过事后我还是向父亲认了错道了歉。就是我的这点小小的举动，让父亲记了几十年，他直到去世的前几年还为我给他道歉的事表扬我。

后来舅舅坐不了公共汽车了，也就不再进城看我们了。我们也偶尔会跟随父亲找的便车去看望舅舅。2008 年后，我有了私家车，每逢中秋节前、春节前都会去看他，他看见我们时脸上笑眯眯的，高兴地让我们多呆一会，对我们问长问短。当我们准备离开时，总是对我们说："回去跟你娘说，我只要不趴窝就没事，别让她挂念。"我们每次去看他，他总是把我们送出很远才在我们的劝阻下停下来，可我们转过弯前回头看看时他还站在那里。

2019 年农历戊戌腊月十三日，我们又去看望舅舅，我们到时他正在吃早饭。他一边吃着，一边跟我们说话，可脸上却没有了他特有的笑容。他吃完饭用手巾擦了一下嘴后，突然说了一句："我活够了，活得没意思了。"当时我就吃惊不小，赶紧规劝他，他也未置可否。拉了一会呱后，我们准备辞别，这次他只送我们到房子门口，也没有说让母亲放心之类的话。到腊月二十四妹妹去看望他的时候，舅舅就病了。但头脑很清醒，对妹妹说："我头年没事，别来看我，在家等信就行了。"

果然，过了春节后的正月十三舅舅就溘然长逝了，享年 96岁。舅舅虽然是姥爷姥娘的独子，可童年却疾病缠身，多灾多难。成家后刚 40 岁就又开始了鳏寡生活，可以说是受尽了磨难。但生活的艰辛并没有把他压垮，他以老黄牛的毅力，带大了子女，并为他们成家立业。舅舅是属牛的，牛的勤奋耐劳、任劳任怨、只管耕耘、不问收获的精神，在他身上得到了最好的诠释。

愿舅舅在天堂一切安好！

2023 年 11 月 2 日

# 我的表姐们

我的表姐们都是母亲姊妹们的女儿。原因是我的父亲没有姊妹，所以我就没有姑表姐妹。

我母亲家共有五个孩子，分别是我大姨、二姨、舅舅、母亲和四姨，舅舅是他们姊妹五个中的唯一男子。大姨、二姨和四姨家各有两个女儿，舅舅家有一个女儿，都比我大，所以我一共有七个表姐。

我大姨家的大表姐和二姨家的大表姐、二表姐，因年龄大，结婚早，所以小时候我都不记得她们到过我家。舅舅家的大表姐因为我妗子去世早，很早就挑起了家务重担，我也不记得她曾到过我家。大姨家的二表姐和四姨家的大表姐、二表姐到我家最多。

我们小时候，推磨困难。大姨每到腊月就支派二表姐到我家住一段时间，帮着推磨办年煎饼。二表姐瘦高挑的个子，穿戴简单淳朴整洁，面色黄白，单眼皮大眼睛，头发浓密黑亮，梳着两个粗大的辫子。她性格开朗，语调舒缓，善于言谈，好像她的脑子里装满了讲不完的故事。说到高兴处就情不自禁地大笑起来，也惹得我们欢笑不止。

有一次过午后天飘起了雪花，母亲就让我们跟二表姐提早推磨。在雪中推磨别有一番风景。在深不可测的彤云里，从无到有的漫漫漏下数不清的、大小不等的黑点，荡荡悠悠慢慢落下，随着与我们眼睛距离得越来越近，黑点逐渐变大成一片片晶莹剔透的银白色冰片。在寒风的引领下，有的挂在树枝上，有的卧在屋顶上，有的跳到地面上，有的融在了磨台上的糊子里，有的粘在我们身上，还有的更是调皮地钻进我们领口内，这时候后颈就立刻感觉有一丝冰凉，接着雪片融化变成小水珠，顺着后背向下蠕动，弄得我们后背直痒痒。随着积雪的增加，屋顶由灰黑变成洁白，地面上也因为落雪的速度超过融化的速度，开始出现积雪，远处的东山也被素色包裹起来。就是磨沟里，因为我们一圈一圈地不停走动，除了略显泥泞，没有半点积雪。

我们边推磨，边欣赏着落雪，边重复浏览着磨沟周围被雪装点的美景，边静听着二表姐讲不完的一个又一个的故事。不仅没有感觉到推磨的辛苦，反而觉得欣快异常。时间在接近黄昏的时候，成群结队的麻雀为了觅食，在我们周围不停地飞来飞去。二表姐就对我们说："我'叵个昧'（谜语的俗称）你们猜吧？"我们都高兴地说"好"。接着二表姐就说："嚣杂嚣杂，二指高下，翻穿着皮袄，蹦跶蹦跶。"二表姐说完，我们就争先恐后地猜起来。猜了好多东西，二表姐总是微笑着摇头否认，我们猜了好长时间就是猜不着。我突然发现表姐频繁地用眼睛的余光扫视周围的麻雀，我就灵机一动，大叫起来：是"家雀子"！二表姐就大笑起来，说道："二表兄弟猜对了。"其实这也不是我猜对的，因为二表姐早就给了我们暗示，只是大家没有注意到而已。

需要说明的是，这则谜语的谜面最后一句"蹦跶蹦跶"是我给编上的，因为二表姐说的我给忘了。2021年春节后二表姐和表姐夫一起来看母亲时，我提起她说的这则谜语，她曾经给我纠正过，我还在心里默默地叨念了好多遍，结果还是没能记住。她出的原版谜面的最后一句，更形象、更具有隐秘性。可惜现在已经没有机会向她求证了。因为她已于2023年3月份因病不幸去世了。

二表姐的身体本来是很健康的，可结婚后两个孩子还很小的时候，就罹患上了类风湿性关节炎，这病损伤了她的脊椎，导致她年纪轻轻就出现了严重的驼背畸形，影响了她的体质，很可能也影响了她的寿命。因为我大姨97岁高龄才去世，我大表姐现在都快90岁了，身体还很健康。因此，如果不是这个毛病，从遗传方面考虑，二表姐活过90岁应该是不会有问题的。现在，我非常怀念二表姐。

我四姨家的两个表姐，二表姐到我家的次数要少一些，原因是二表姐年龄较小，可能四姨认为她到我家帮不了多少忙，再者二表姐刚成年就远嫁他乡了，故大表姐来我家的次数就多多了。即使跟其他表姐相比大表姐也是来我家最多的一位。

我第一次记得大表姐来我家，是因为她带我们去河里逮鱼的一次经历。在我村的前面有条小河，自西向东流淌，四时不枯。在河的两岸栽种着护岸的各种灌木和乔木，乔木以杨柳居多。春夏季节杨柳依依，鸟鸣深树。两岸护林带的内侧，是宽阔洁净的银色的沙滩，是村民晾晒洗涤衣物的最佳场所，也是晒地瓜干、晒切碎的地瓜秧、晒牛草的重要场地。小河里水量随季节的变化而不同，夏季汛期水大浪急，秋冬春季水少流缓。枯水期深水区大概三四十公分，浅水区不过十几公分，但水质却洁净透明，可以直接饮用，在水中游着成群的各种鱼类。

深秋时节大表姐来到我家，过午后她就带领我们去河里逮鱼。大表姐的村庄在汶河岸边，她的逮鱼技术应该就是在汶河里学来的。我们小河里有一种鱼，长着大大的方头，形状像沙丁鱼，遍身的花纹与河底的沙子颜色一样，这大概是它的保护色吧。它还有一个特点就是喜欢趴在水底一动不动，即使受到惊扰也只会游出很短距离后又趴在那里一动不动了，所以我们把这种鱼叫"趴卧子"或"沙箍拽"。

大表姐带领我们就转逮这种鱼。大表姐先在岸边的柳树上折下一枝嫩柳条，一手捏住柳条，另一手捏住轻轻扭转，使树皮与木质部分分离，再把分离的树皮撸到树枝的梢上，做成一个鱼串子。然后来到水中寻找"趴卧子"鱼，如果鱼是在深水区，我们就慢慢地把它赶到浅水区，然后就在不惊扰到鱼的距离上，慢慢在鱼的四周推起水底的沙子形成围堰，把鱼围在里边，再把围堰向中心推移，包围圈小到没有水时把鱼逮住，用鱼串子从鱼的一侧鳃里穿进从鱼嘴里穿出来，这样就把鱼挂到鱼串子上了，接着就是重复以上的做法。当然，以上这些操作并不是每次都能成功逮着一条鱼的，多半操作都是失败的。即使这样，在临近天黑的时候，我们还是逮了一大串鱼，估计应该有半斤多了。

我们提着鱼回家后，母亲先把鱼从鱼串子上顺下来，然后开始择洗。母亲拿起一条鱼来，用手指掐破鱼的肚皮，挤出鱼内脏，再顺手捏一下鱼嘴挤出沙子和污物，放水中摆一摆，把择洗好的鱼放在干净盘子里，如此重复，很快就把鱼择洗完了。然后在鱼里放入一些盐腌着。

母亲就去准备锅灶，生火热锅，放入少许油，把腌好的鱼分次放入锅中，在鱼入锅前，先把鱼身上裹上一层干面粉，一次放五六条鱼，慢火勤翻，待鱼遍身微黄时出锅，一会工夫母亲就煎了满满一大盘鱼。

我也是早被鱼的香味诱惑得十分饥饿了。鱼刚被端上桌子，我就迫不及待地拿起煎饼卷上鱼大吃起来。鱼肉松软，鱼皮香脆，咸淡适宜，好吃极了。直到现在我都认为，这次吃的鱼是最好吃的。

小时候大表姐到我家，大多都是秋收快结束的时候，原因或许是大表姐的村庄在河边，种的粮食不是以地瓜为主。因此，她们那里秋收结束的时间比我们要早。等她那里秋收结束了，四姨才支派大表姐到我家帮忙。虽然大表姐那时也只是个大孩子，在力气活上也帮不了多少忙，可是摆晒捡拾地瓜干却是不输成人的，所以大表姐对我家的帮助也是很大的。

大表姐在我家住得最长的一次，是 1976 年春天。父亲和母亲带着妹妹一起去看望在杭州当兵的哥哥，姐姐在外求学，只有我和弟弟在家。因为我和弟弟都在外上学，家里的事情需要有人打理，于是母亲就请四姨把大表姐支派过来看家。说是让大表姐来给看家，其实是代替母亲做所有家务劳动。

首先是推碾推磨烙煎饼，再就是喂猪喂鸡鹅喂猫狗，还有家里的洗洗涮涮。再就是浇菜园，春天雨水少，青菜不耐旱，两三天就需要浇一次。

我们那里浇菜园，没有自流水，但也不是挑水浇，更不是用推水车或脚蹬水车浇，而是沿用我们这一带先民利用杠杆原理自制的一套浇水设施浇。

这套浇水设施是这样的，先在菜园地的池塘最高的岸边，用石块从水下垂直垒出一个略高于地面的平台，在紧靠平台左侧的临水面，突出平台墙面四五十公分再垒一个小台子，高度低于平台一米四左右，供取水时站立用。在距离平台墙面一米左右的右侧，紧靠平台埋上一根直径二十公分左右的立柱，立柱要向左侧稍倾斜，高点大体在石台的纵轴中心线上。立柱的顶端留出一个长约十公分的树杈，用于挂秤杆。然后再从沼泽地水草茂盛的地方挖取"垡子头"，这种土块的土质被草根纵横交错、横七竖八地包绕着，很难松散。用这些"垡子头"平整地垒在石砌平台的两侧、底部和垂直墙面侧，状如簸箕，再用粘泥巴填塞垡子头间的缝隙，避免漏水。簸箕的口侧连着浇地的小水沟。这个建筑物叫水池子。秤杆是一段四米多长、直径约十公分的圆木，把大头端镶入圆形或方形的坠石（坠石重约五六十斤，中间凿着一个直径十公分左右的圆孔）的孔中，固定牢固。以上这些设施都是公用的。

吊杆是一根长四米左右、直径三公分左右的圆木，一端固定着与秤杆连接用的绳子，另一端固定着一个挂吊桶的铁钩。

这两件是各家自备的。

浇地时，先用一个环形绳子（叫吊绳）套在秤杆上，然后提起挂在立柱的权上。吊绳位置很有讲究，不能离坠石侧太近，如果太近，另一端水桶灌水满水后就重于坠石，需要用过多人力才能使水桶上升到水池子倒水；如果吊绳离坠石过远，就增加了坠石侧的重量，导致下拉吊杆取水时费力，水桶灌满后提升虽然不用力，但向水池子倒水时要用力下拉才能按倒水桶。所以，套绳在秤杆上的位置要根据水桶的大小调整合适才能又省力、又快捷地使用。

我家的菜园离水池子较远，观察是否浇到地头了是困难的，只能走过来看看才知道。如果是快浇到地头了，由于水沟里尚有余水，可以等一会，浇到地头后再换浇另一个畦子。如果水沟里的水也流干了还浇不到地头，那就麻烦了，只能再跑回水池子打水。这样来回折腾，既浪费时间，又耗费体力。需要根据地块的松软程度，预测水流的速度和用水量，对是否浇到了地头作出精准判断，这样才能又快又好又省力地干好浇地的活。

大表姐身小力单，对浇菜园这项工作所付出的艰辛是不言而喻的。

然而，这些体力劳动，对大表姐的压力却是次要的，最难的事情是照顾我和弟弟。

一方面是我和弟弟三天两头闹吵，大表姐对我们却是毫无办法。她毕竟是表姐，不好意思用武力教训我们，只能劝架，我们又哪里能听！她只能用无奈的眼神看着我们，不住的叹气。现在我一想起她的那种眼神，内心就非常愧疚。

二是吃饭问题。当时正处在青黄不接的时候，菜园地里只有菠菜一种蔬菜和蒜苗可吃，而越冬的头茬菠菜已经吃完，二茬菠菜还未长成。没办法大表姐只能天天用蒜苗炒鸡蛋吃。不知道为什么那时候蒜苗的味道特别大，离家很远就可以闻到那个气味，还没回到家我的不高兴就早爬到脸上来了，大表姐看在眼里，无奈却也写在脸上，但也只有一声叹息了。

总之，大表姐这一次在我家，吃了很多苦，遭了很多罪，也受了很多委屈。每忆至此，我总是感慨不已。

由于我们家是母亲一人操持内外，她难免力不从心。我的这些表姐们总是奉命前来，对我家给予力所能及的帮助，力虽微，爱却大。我特写下这篇文字，借以表达我对表姐们的感激之情。

2023 年 11 月 2 日

# 我的"初升高"考试

我是"文革"结束后第一届通过考试升学读高中的。

1976年10月"四人帮"被粉碎后,一个新的时代开始了。这时我正在读初中二年级的上学期。到年底就听到一些小道消息,说是以后读高中需要通过考试,并且今后上大学也要考试择优录取。从这时起我的心里开始产生了大学梦,因此我对学习更加刻苦努力了。

时间确如白驹过隙,很快就来到了1977年的6月,我的毕业季来临了。这个时候,父亲回来了,因为还不到麦收农忙时节,他回家是很鲜见的。吃过晚饭后,父亲要单独和我说话。对我来说这是从未有过的事情,我的脑子飞速运转着,思忖着有哪些事情做错了。怀着忐忑不安的心情,跟着父亲来到我住的小西屋。我坐在床沿上,父亲坐在书桌前的椅子上。询问着我学习方面的一些不咸不淡的问题。我如实作了回答,并且说我们学校正在组织毕业生复习功课,准备考高中。父亲没有接我的话题,却问我:"如果让你当初中老师你能讲得了课吧?"我想初中数理化三门课本的内容我几乎都能全背下来了,讲这些内容肯定没问题。想到这里,我就对父亲说能行。父亲见我这样说笑了笑,说:"我听说你们学校缺教师,我想问问能否让你去当一名民办老师。在问之前我先跟你说一下,看你是否同意?"

我听了父亲的话,沉默了好久,父亲也没有催我,自己点上一支烟吸着，等待着我的答复。我的内心是非常愿意去考高中的，因为只有上高中才能实现自己的大学梦。可我转念一想，其实父亲也不是不想让我考高中，只是他太难了。几十年来，他以一己之力养活着全家，后来才又知道他还资助着其他的亲人。以至于他自己穿的衣服全都是带补丁的。他穿的凉鞋就是最普通的硬塑料的，并且近十年了都没换过。他嗜好吸烟，但他抽的烟都是九分钱一包的。他喜欢饮酒，可他喝的酒都是用塑料桶直接到酒厂买的散装的瓜干酒。他让我不继续上学，让我当民办教师，可能就是让我早一点工作，这样家里不仅减少了一个吃闲饭的，还能挣三百六十个工分，就不用再向生产队交口粮钱了，由此也减轻了他的负担。想到这里，我就对父亲说："你去问吧，如果人家同意，我就去当民办教师。"我决定当民办教师后，就不到学校里复习了，在家等着消息。

两天后的晚上，父亲又来到我的房间，对我说："我找了你们学校的彭校长了，我向他说明请求后，彭校长没有直接回答我。他说，'老宋，我们都是种地的出身，你种高粱，是在它还没秀穗的时候就砍了好呢，还是等它秀穗成熟再砍呢？'我听了彭校长的话，就明白他是支持你继续读书的。我说彭校长我明白了，明天就让孩子回校复习。"父亲接着又对我说："你明天就回学校复习考高中吧。"

我听了父亲的话，心情用"兴高采烈"来形容也一点不过分。我感恩彭校长，我的生命中能遇到彭校长是我莫大的荣幸。是他让我能够考高中，是他让我能够在未来更大的人生舞台上充分展示自己。只是可惜，我敬爱的彭校长英年早逝了。我非常怀念我的彭校长！

当年七月我与同学们一起来到孙祖联中参加高中的升学考试，考场教室的黑板上方张贴着毛主席和华主席的画像，画像两侧贴着用大红纸写的一副对联，正楷毛笔字写得非常漂亮，点画规范而不失灵动，结体严谨而不失活泼，运笔沉稳而不呆板，笔力遒劲而不张扬。引得我在做题的间隙情不自禁地看一眼。我的举动引起监考老师的迅速反应。他的头正对前方，目光却锐利地向我斜射而来，吓得我赶紧低头做题了。后来我转学到沂南老五中的时候才知道这位老师是丁金新老师，他一直给我们教政治课。他讲课认真，语言简洁，条理清晰。对问题的表述准确易懂，把政治这门枯燥的课给讲得妙趣横生。关键的是他还能依据往年的考试内容预估了一些重点问题，让我们重点掌握。正是因为这样，我在中专考试中政治的分数是最好的。可是，尊敬的丁老师连我们的一句感谢话都没有听到，就过早地离开了这个世界。我现在非常怀念他。

高中升学考试的科目是语文、数学、政治、物理和化学，后两门是一张卷。

语文考试的作文题目是"我在学习雷锋运动中"，那时候，由于是"文革"后的第一次升学考试，大家都没有考试经验，不像现在都有范文，供考试时参考。不过，这个题目对我来说，却是很有东西写的，因为我在1977年3月的学习雷锋运动中被匣石联中评为"学习雷锋运动标兵"。因此，我就记述一下自己在这次运动中所作所为，然后把取得的成绩写上，最后总结今后的打算。这样一篇文章就写完了，除了可能有用词粗糙、用词欠准确外，自觉没有跑题，发挥还不错。

数学考试无非就是有理数的运算问题，解一元一次方程、二元一次方程，代数的约分化简运算，圆角问题，三角形角相等的求证运算，全等三角形的求证，两条平行线的求证，各种平面图形的面积计算等内容。

物理化学是一张卷。物理的内容主要是匀速直线运动，圆周运动；力的大小、方向和作用点，定滑轮和动滑轮，动力臂与阻力臂，离心力和向心力；电的问题主要是电压、电流、电阻的关系，及串联并联后三者的关系，电功电功率，变压器工作原理和计算；电磁问题，右手螺旋管定则；大气压问题，受力面积与压强的关系等。化学主要是化学变化和物理变化，单质与化合物，原子、质子和电子，原子量，化合价，氧化还原反应，化学反应的分子式配平及计算，酸碱盐的化学反应，置换反应等。

政治主要是马克思主义哲学、中国共产党党史和时事政治，分名词解释、简答题和论述题。无非就是根据考题把脑子里储存的海量答案提取出来写在试卷上。

总之，这次初中升高中的考试，自己感觉很满意，也如愿以偿地考上了高中。对于自己具体考了多少分数和什么名次倒是没有特别关注。只是在孙祖联中读高中时，有一次课间高庄的麻曰庆同学笑嘻嘻地来到我面前。我就问他："你有什么事吗？"他立刻红着脸对我说："没什么事。"接着又说："你的升学考试成绩很好呵。"我说："我也不知道，应该不错。"接着我也问他："你考得怎么样？"他的脸更红了，低着头说："我考了第三名。"我说："你考得真是太好了。"他说：你考得更好。"我说："那我考了第二名？"他说："第二名在五中。但是，第一名找不到是谁。同学们在私下里议论第一名应该是你。"我说我不清楚，我和麻曰庆同学就结束了这次谈话。

麻曰庆同学有轻微的婴儿瘫后遗症，中等个头，双眼皮大眼睛，面皮白嫩，鼻梁高挺，嘴巴由于牙齿前突常常闭不上，因为他总是喜欢笑，所以大家可能认为是"笑口常开"，因此同学们也都没有在意。他性情腼腆，性格文静，讲话未曾开口脸却先红。他后来先当民办教师，又通过考试转为公办教师，一直在孙祖中心校工作。只是天命不佐，他因病过早地离开了人世。非常令人惋惜！更遗憾的是我自从1978年转学离开孙祖联中后就再也没有机会再见到他，考试的名次之谜也没法再跟他求证了。

但是，从考上高中到孙祖联中报到后学校即安排我任班长的情况看，我的考试成绩肯定是比较优异的。还有一点就是，我在孙祖联中报到的第三天下午，我正在跟老师和同学们清理厕所，有位老师在厕所外告诉我，五中那边来电话说，还给我留着名额，问我还去不去。我这才知道原来这次升学是可以自主择校。当时，王家安老师正好在场，就怂恿我不去，我也感觉在孙祖联中上学很方便，就隔着厕所对那位老师说不去了，我自己并没有去接电话。如果是我去接电话的话，可能就会被五中那边的老师说服，直接就去五中上学了。通过五中这个举动也说明我的升学考试成绩应该不会很差。还有一点证明我的升学考试成绩不差的是，我在孙祖联中学习了一个学期后，又转到了五中。我跟梁忠明校长见面时，梁校长对我说："你升学考试成绩不错，本来想让你到一班去任班长兼团支部书记的，结果打电话请你不来。现在来了什么也没有了。"我回答梁校长说："梁校长，我是来学习的，不是为了当干部的。"梁校长听了我的回答后，就爽朗地仰头哈哈大笑起来。

1977 年的初中升高中考试，是"文革"结束后的第一次"初升高"考试，同年的年底也开始了大学考试。从此，中国的教育进入了新的时代。我有幸赶上了这"第一次"的升学考试，并且通过这个"第一次"开启了自己命运的转折点。因此，特把自己大脑里存留的记忆整理出来，以作纪念。

2023 年 12 月 1 日

# 我在孙祖联中的高中生活

　　1977 年 7 月我顺利地通过了"初升高"考试，被孙祖联中录取开始了我的高中学习生活。

　　9 月初开学的第一天，我早早地起床，背上书包，书包里放着一个白布包袱，内包着供吃两顿饭的四个地瓜干煎饼，煎饼里卷着咸菜丝和大葱，包内还放了一个搪瓷茶缸子，以及自己装订的作业本。出门后沿着大路向孙祖联中走去。孙祖离我村有五里路，行走大约半个小时就来到了学校。到校后，很快就办完了入学手续，高一的教室在前排西头，我到教室时已经有不少同学早到了，尹继友老师也在教室，这让我吃惊不小，因为尹老师曾经是我五年级的班主任，他调离匣石联中后我就失去了跟他的联系，没想到两年后会在孙祖联中又遇着他。跟他打过招呼后，才知道他是我们的班主任，自己心中顿时产生了暖暖的归属感，入学前对如何应对新环境的忐忑不安的心情一扫而光。尹老师把我带到教室最后排南边通道北边靠通道侧坐下，这就是我的课桌座位。

　　同学们都到齐后，又有两位老师来到教室。尹老师才站到讲台上给我们讲话，他首先介绍了自己，我们班由他担任班主任并教授语文课，然后介绍张立全老师，他担任我们的物理化学老师，再介绍王家安老师，他担任我们的数学老师。最后尹老师安排我们班的班委会成员。学校都有一个约定俗成的规矩，就是新生入学后，由于大家都不熟悉，班委干部没法通过选举产生，只能由学校安排，待同学们都互相熟悉后再选举产生新的班委会。这样我就被安排当临时班长，其他班委会成员都忘记了。接着就是分学习小组，安排组长和副组长。做完这些事情之后，就开始吃早餐了。

开学的第一周，学校没有安排上课，头两天是到校外薅青草，晒干后可以卖给生产队做牛的饲料，班级就能积累一些资金，供购置一些作业本或课本。这些能够挣钱的劳动，当时叫"勤工俭学"，有很多内容，如在班级实验田里种植农作物或经济作物，是班级的主要经济收入。通过"勤工俭学"一方面锻炼了身体，再就是学到了很多农业和农学知识，还能够把在书本上学到的知识付诸实践，可以帮助记牢所学的知识。还有一个更好的作用，就是课本作业本等学习用品基本不用自己花钱购买，这样就减轻了学生家庭的经济负担。

第三、第四天，是清理学校的环境卫生。第三天我正在和王老师及同学们清理厕所时，不知道是哪位老师隔着厕所说，五中那边有打给我的电话，说是还给我留着名额，问我还去不去。王老师当时就怂恿我说在这里就很好，不要到那里去了。结果我电话都没有去接，就打退了五中的邀请。后来我转学到五中的时候还被梁校长挖苦过，当然这是后话。

第五天和第六天的半天是整理室内卫生，除了大扫除，擦拭门窗玻璃外，由于一些桌椅板凳都坏了，我们还要修理它们，该钉钉子的钉钉子。经过一天半的整理，我们的教室焕然一新。

开学第二周，我们就开始了有规律的文化课学习。早晨五点半起床，六点到校，先是二十分钟的跑操，然后是五十分钟的早读自习。下课后，值日生去伙房抬开水，同学们舀到开水后开始用早餐，大家吃的食物都是清一色的地瓜干煎饼，同学们也都是说笑着吃得津津有味。七点五十分，打预备铃，八点钟开始上课，十点钟是全校做广播体操时间，同学们在体育委员的带领下，分别在自己的教室前站好队形，老师员工们也在办公室前站好队形，等到大喇叭的声音响起时，大家就跟着播音员的口令做起操来。十五分钟的广播体操结束后，又开始下一阶段的学习。十二点下课吃中餐。下午四点半开始是三十分钟的课外活动，主要是在操场上打篮球，不喜欢运动的就在操场上玩耍，五点放学回家。

在回家的路上，大家也是一边走一边打闹嬉戏。在这年冬天，我在放学回家的路上，还遇到过一次危险。

事情是这样的，1977年秋收结束后，我村规划大一口机井，以解决农田灌溉问题，保证粮食稳产增产。机井地点选在了"官地顶子"东北（"官地顶子"是过去孩子夭折后的弃尸场所，因为有大量乱石堆砌而高起，故称"官地顶子"）。之所以选在这里，一是因为这里地势高，机井出水后可以自流灌溉整个"西湖"（当地把平坦宽阔的土地俗称"湖"，这片土地在我村的西边，所以叫"西湖"）的二地，二是据勘探这个地方有地下水。这个位置到公路的垂直距离约三百米。开挖机井的社员都是从各个生产队抽调的青壮乇劳动力，他们上午清理前一天下午收工时放炮炸开的石头，下午打炮眼，到收工时正好打好炮眼，然后装填炸药，安装雷管和导火索，点燃后撤离收工。第二天又是上午清理下午打眼装填放炮收工，循环往复。

社员们放炮收工的时间我和同学们正好也走到那个地方。我们自觉离打井的距离远，放炮时大家也不躲避，并且相互讨论着哪一炮好哪一炮孬。因为大家都知道，如果是闷声炮，炸起的烟雾贴着地皮扩散，这个炮炸下来的石头就多，就是好炮。如果炮声很响，烟雾呈柱状冲得很高，这样的炮炸下来的石头少，就是孬炮。

有一天下午，我们放学走到这里的时候，又赶上放炮，大家都在讨论着哪一炮好哪一炮孬时，又响了一炮，大家又齐声呐喊"这一炮好",话音未落,我只感觉右侧肩前像是被人猛戳了一下一样,接着从衣领处传来"嗤啦"一声布被撕裂的声音,迅即上衣右侧口袋口上方也被戳了一下,一样发出了布被撕裂的声音,紧接着一块约两厘米见方长约五六厘米沾满黄泥巴的石块滚落到地上,在地上又蹦了两三次,滚到路边才停下来。这个事情发生得太突然,整个过程也就是一两秒钟的时间,大家的第一反应就是跑。我看了一眼落在地上的石头后,也迅速明白了,这是炮炸的飞石,也紧跟着同学身后跑了起来。当跑到确认是安全距离的时候,我才检查了一下自己的上衣,发现右侧衣领头与衣身的结合处被撕脱了一厘米,右侧口袋的上方和衣袖肘部内侧被各划出了一个三角口。看到这些我的确害怕了,如果石块再往左偏一厘米,我活的可能性就很渺茫了。事情虽然过去四十多年了,每忆及此还是心有余悸。古人说"君子不立危墙之下"是非常有道理的。现在我也时常给孩子们讲"君子不立危墙之下"的道理。从这次我被砸后,大家就再也不敢就近看放炮了。

在孙祖联中学习的一个学期,下午放学后,也没有课后作业,晚上除了帮母亲推磨以外,就是陪找我玩的小时候的玩伴。等玩伴们走了后,才拿起书本把感觉还没掌握好的内容复习一下,还不能学得太晚,如果母亲醒来发现我还没有熄灯,就会被她"庄户不成,学户不就,只会熬油的哆嗦孙"地骂一顿。周六周日就整理菜园,那时正是秋天,要打水浇白菜、萝卜、秋泥豆(芸豆),还要为萝卜白菜除草松土,秋分时节,要收割黄豆,还要整地种小麦、种大蒜、畦菠菜。之前要先把院里沤的土杂肥和鸡窝里的鸡粪清理出来,运到地里,晒着发酵后才能使用。秋分以前,还要把猪圈里猪粪便清理出来,堆在墙根,等生产队收取使用,可以挣工分,也就是说生产队是有偿使用这些肥料的,但是禁止私自用在自留地里。

自己饲料地里种的地瓜也是我周六周日抽时间收刨的。因为要接茬种小麦，所以也要在秋分前完成。还有一个原因就是要赶在生产队刨地瓜前刨晒完自己的，免得挤在一起忙不过来。说起这次刨地瓜，我还做过一次科学实验。

事情是这样的，我们那里每到夏季，地瓜秧会爬满地瓜沟，因为它们是自由生长的，所以每一墩的地瓜秧都是相互交叉纵横交错，给锄草带来很大麻烦。这时候社员们就把每一墩的地瓜秧都整理到一个方向上，我们叫"翻地瓜秧"。在整理时由于部分地瓜秧已经在地上扎根了，因此会拽断一部分，短期内地瓜秧的长势的确会比以前差一些。这个时候广播里就经常说，地瓜秧不能翻，翻了地瓜秧会影响地瓜生长，造成减产。

我"初升高"考试后，正好赶上翻地瓜秧的时候。我在自家的饲料地里翻地瓜秧时，留出两沟地瓜，按照广播里介绍的方法，只是把扎根在地里的地瓜秧轻轻拽起来，并不翻转，而其他的地瓜秧都是把它们翻转过来。我的翻地瓜秧的方法还与大家不同，我先把一墩地瓜的一条瓜秧叶朝下藤朝上理好，然后再把其他翻转相互交叉压在这条瓜秧上。这样地瓜秧再接触到地面的机会就少了，接不到地面它们就没法扎根了。这样做虽然慢一些，但只翻一次就可以了，还减少了断秧的发生。

结果刨地瓜时，翻地瓜秧的地瓜每墩都在三四斤左右，而没翻地瓜秧的那两沟地瓜，除了顺着地瓜秧生着许多指头粗的小毛根地瓜外，每墩地瓜连二斤都不到。"实践是检验真理的唯一标准"是真理，"实践出真知"也是真理。

处理完自家地里的秋收秋种后，学校也放秋假了。放假后我主要跟生产队劳动，挣工分补贴家用。先是跟着耩麦子，我的任务就是往耩子里掩粪肥。

在整理好准备播种小麦的地块里，按一定距离堆放一定量的土杂肥，播种小麦的耩子上有一个盛麦种的方形箱子，在箱子的正前下方有个方形小孔，孔上方有一个可以上下活动的挡板，它能控制种子漏出的数量。在盛种子的箱子里固定着一条上面绑着一块鹅卵石的，可以左右摇摆的粗铁丝，铁丝的下端伸出小方孔约五厘米左右，它能使种子匀速流出。在箱子后边，斜卧着一个上宽下窄、上高下低、无盖的梯形盒子，这个盒子就是耩小麦时往里掫粪肥的地方。漏下的麦种和粪肥最终在耩子腿里汇合被播入地下。

　　耩小麦开始了，一个人负责管理耕牛拉耩子，一个人负责扶摇耩子，其余的四五个人每人在腰前斜挎着一个腊条筐子，筐子里装满粪肥，左手扶筐，右手用一个破碗，跟着牛拉的耩子小跑着，不断地往耩子上的盒子里舀粪肥。当耩子快与下一堆粪肥平行时，筐里的粪肥也差不多舀完了。这个粪肥堆的人就挎着装满粪肥的筐子跑来接上，被换下来的人就马上跑到下一个粪肥堆装筐准备着，快到粪肥堆平行的时候，就跑上去接续舀粪肥。耩子不住地向前推进，舀粪肥的人一个接一个地轮流操作，循环往复。一天跑下来，工作量还是蛮大的。其实，不仅是人累，牛也是很累的，如果拉耩子的是头母牛，它的孩子是被关在牛圈里的，到了傍晚饲养员就会把小牛犊放出来，各个生产队的小牛犊子们就都站在村口不停地长叫，声音很是凄切。母牛听到它孩子的声音后，就不顾一切地挣脱牵着它的绳子向它的孩子跑去，小牛犊也是一边叫着一边向它妈妈跑。它们相遇后，牛妈妈不住地舔舐着小牛，小牛也慌忙地喝起奶来。它们母子相见的情景是很感人的。队里种完小麦后，接着又开始刨地瓜，刨完地瓜后，秋假也结束了。

　　秋假开学后，经过近两个月的不紧不慢地学习，期终考试开始了。我的各科成绩平均九十五分多，在班里也是前三名，可是没有得到第一名，第一名反倒被我初中时就是同学的王升理拿到了。王升理同学在初中时虽说学习较好，但是并不十分出众。我从小学开始就一直是站在金字塔上的人，而现在突然别人挤了下来，心里非常难受。为什么会出现这种情况，自己百思不得其解。特别是王升理同学被学校评为"学习标兵"，胸戴大红花，上台发言时，我的心里也难受到了极点。我虽然也被评为"三好学生"，但与"学习标兵"的分量差得太远了。开完表彰大会后，我悄悄地把"三好学生"奖状折叠起来装进口袋里，生怕被别人看见丢人。因为心意难平，我居然感冒烧了三天。三天后，按老师要求，班委成员要返校整理卫生，关锁门窗。我还用毛笔在教桌的面向学生侧写了"孙祖联中"四个字，做完这些事情之后，大家就分别回家了。

回家后，我对自己的考试成绩依然是耿耿于怀。经过打听，我才知道王升理同学是白天跟我们一起学习，晚上就住在他父亲那里继续学习，而我却把晚上的时间统统浪费了。要利用晚上的时间，就必须住在学校，这样就需要转学了。

事情也是凑巧，我刚拿定主意，父亲也意外地早回家过年了。他问了我一些学习的情况，我也如实地告诉他，我没有考到第一名。我还把想转学的事告诉了他。父亲说可以给问一下，不知道行不行。我告诉父亲，五中那边曾经给我留过名额，不知现在管不管用。

结果我的转学手续非常顺利，春节前五中那边就把我的档案从孙祖联中拿去了。这样，1978年农历正月十六开学后，我就去五中学习了，结束了我在孙祖联中的学习生活。

2023 年 12 月 14 日

# 我在沂南老五中的学习经历

我是 1978 年的春节后转学来到沂南老五中学习的。本来 1977 年秋天我"初升高"考试后是有机会直接到五中学习的，因为当时我被孙祖联中录取后，五中那边曾经通过电话联系过我，说给我留着名额的，问我去不去，我却草率地回绝了。在孙祖联中学习一个学期后，我的成绩落后了，我当时考虑是学习时间少的原因，因此选择转到五中住校学习。

因为转学到五中去后，离家有二十五里路，父亲为了我方便上学，就把他的自行车给我用。后来可能因为他要到各个县区出发没有自行车不方便，又不能老去借别人的，所以我用了一个多学期后，父亲就把自行车要了回去，从此我就改成步行上下学，直到高中毕业。

1978 年的正月十六我骑着父亲的自行车来到五中，开始了我一年半的高中学习生活。

沂南五中坐落在孟良崮东南的一座小岭顶上，东面紧邻公路葛岸线，有一架东北—西南走向的渡槽凌空跨过公路，伸向远方。西面紧靠着向北流淌的书堂河，河水极小，但沙滩宽阔，洁白如银。校园的大门面向正南，围墙都是用就地开采的白色砂石砌成。由于学校是建在山岭上，所以除了大门侧的南墙是直的外，其他围墙都是随山势弯曲修的，整座校园被围成了近似半圆形。而位于山岭最高处的操场要高出围墙很多。院内房前屋后及道路两旁矗立着成排的大杨树，都有合抱粗细，笔直向天，亭亭玉立。教室和宿舍都是一排排的起脊平房，墙体用石头砌就，窗台以下墙体由五层打磨整齐的青石"疙瘩墙"砌成，窗台以上部分除门窗两侧外，全都用白石灰泥抹平。房顶覆盖着清一色的橘红色陶瓦。门窗被涂以绿色油漆。整座校园被丰富的色彩装扮得优美秀丽。

我进入校园后，先被一帮同学围了起来，他们都热情地跟我打招呼。我在这些同学中发现了宋兆胜、宋开祥、梅长善等初中时的同学，这时我才知道他们原来早在五中学习了。经过他们的介绍，我认识了他们班的班长张立祥、副班长麻曰营。他们说："听说你要转到五中来，今天你真的来了。"我也不知道他们是怎么知道的消息，只是含糊答应着。然后，我就说我要到梁校长那里去报到。按照他们的指示路线我顺利来到校长办公室。

校长办公室在进学校大门直向后的第三排平房的路西第一栋房子。我来到门口放好自行车，在门外招呼了一声，得到应答后，我就走了进去。房内陈设非常简单，正对门口的后墙边安着一张地八仙桌子，门口东侧靠南墙梁下顺放着一辆老旧自行车，整个车身锈迹斑斑，比父亲的自行车还陈旧，这应该就是梁校长的"坐骑"，地八仙桌子的边上有几个马扎子。我进门时梁校长正坐在八仙桌的东南角上，面向房门。我看他大约五十岁，体型消瘦，但精神矍铄，面色黝黑，高鼻梁尖下颏，一双大眼睛炯炯有神。我进去后他示意我坐下，我就拿了一个马扎子坐在了他对面的近房门处。然后我向他问好，接着就向他介绍我自己，我说我是宋允举，是从孙祖联中转学过来的。他听了我的介绍，微微一笑，说道："你去年升学考试成绩不错，本来想让你过来到一班去当班长兼团支部书记的，结果打电话请你，你不来。现在来了，什么都没有了。"我听出了他的意思，就回答说："梁校长，我是来学习的，不是来当什么领导的。"他听后就哈哈大笑起来，说"你准备到哪个班去？"

我想了一下，三班有我的初中同学，张立祥和麻曰营给我的印象也不错。想到这里，我就回答说："我去三班吧。"他说"好吧。你去教务处找夏老师，告诉他你准备去三班。他就给你安排了。"我起身后又问梁校长我以后能否把自行车放在他那里。他爽快地答应了。我把自行车搬到校长办公室后就去找夏老师了。

找到夏老师后我就告诉他说，我是孙祖联中转来的宋允举，梁校长说让我来找您，把我安排到三班去。夏老师马上喊来了三班的班主任刘长峰老师，介绍我跟刘老师相见。刘老师就带着我来到三班，三班教室在最前排房子的最东头。进教室后，刘老师把我介绍给同学们，给我安排了座位，位置与在孙祖联中时的一样，南边走廊最后排的走廊侧，同桌是张安邦同学。

刘老师出去后，张立祥和同学们一起帮我安排宿舍，我的床南边正对宿舍门口北边正对后窗，是一张单人床，不像其他同学那样睡上下层的双人床。安排妥当床位后，大家就都回到教室吃晚饭。

晚饭后，天就完全黑下来了，教室里点亮了汽灯，管理汽灯的是宋开祥同学。汽灯的亮度极高，整座教室被照得如同白昼，不断发出"嗞嗞"的喷气声，气压不足时，需要及时打气。一个自习时间需要打几次气，每次都是爬上桌子，托下气灯，打完气后还得重新挂上去。所以，气灯管理的同学也是很辛苦的，关键是耽误时间学习。

第二天早上五点半，起床铃声响起后，同学们就立刻起床，值日生先去伙房抬温水供大家洗手洗脸。有位值日的男同学，把温水舀进一个小黑陶盆后，一定要让我第一个洗，我执拗不过，只好第一个洗了，其他同学才依次轮流洗。可惜这位同学的名字我给忘记了，但是他的容貌却永远刻在了我心里。他个头不大，单眼皮小眼睛，笑起来双眼就眯起两弯弓月，笑口一开更是露出两颗惹人喜爱的小虎牙。他身穿粗布棉袄棉裤，棉袄有点瘦小，下摆仅盖过腰带，类似于现在的露脐装，袄的颜色可能是由于染布技术问题，把应该是深蓝色的布料染成了赭红色。他戴的棉帽子因为护耳的带子缺失，挽起后一片贴在帽顶上，一片翘起，随着身体的运动而上下舞动着。

洗完脸后，就是三十分钟的早操跑步。早操结束就是五十分钟的早自习。自习时间，大家都安静地坐在自己的座位上，认真学习着各自的课业内容。教室里鸦雀无声，除了翻书的声音、偶尔有同学咳嗽几声外，没有任何的杂音。这里的学习氛围显然更加浓厚。

经过一个星期的学习，我知道了班主任刘长峰老师是我们的语文老师，教数学的是吕锋老师，教物理的是田宝玉老师，薛森吉老师教化学，丁金新老师教政治。老师们授课认真仔细，每一个知识点都是反复强调，耐心讲解。同学们的学习热情非常高涨，都卯足了劲儿相互比拼。大有"千帆竞发，万人争雄"的气势。

除在课堂上、早晚自习认真学习外，课外活动时间在完成规定活动后，大家就立即又进入学习状态，整个校园内外到处都有同学学习的身影。

我也喜欢在早春晚秋及冬季的课外时间到静谧的书堂河边读书背题。先在沙滩上找一个一米左右深度的沙坑，坐在沙坑的底部，头枕着沙坑的上部边缘，腿脚放在沙坑外，整个人体呈"V"型，一边晒着太阳一边学习，非常舒服。晚春、早秋及夏季就到学校东边的山坡东侧草地上去，那里阴凉，也非常安静清爽，也是自习的好地方。

下晚自习后，就熄灯了，因为那时我们那里还没有通电，同学们就点起自制小煤油灯，继续在教室或回宿舍学习。一直到十点以后，老师查房才睡觉。有的同学第二天早晨四点多就起床在小煤油灯下学习了。我也自制了一盏小煤油灯供熄灯后用。小煤油灯的制作方法是，找一个广口瓶，在瓶子的铁盖中间用铁钉捅一个孔，然后找一片三四厘米长的薄铁皮，卷成筒状，放入瓶盖的孔中固定牢固，在筒中穿上一匝棉线作灯芯，瓶里倒上煤油拧上瓶盖，在瓶口下方凹槽处拧上一条细铁丝，尾端结个环，以方便悬挂，这样一盏小煤油灯就做成了。这盏小煤油灯一直伴随着我在五中度过了一年半的时光，毕业后我就撂在学校了，现在又觉得很惋惜。

总之，五中的学习是很紧张的。我转过来三个月内，每个月学校都进行数理化竞赛考试，每次竞赛我班的宋兆胜、胡凡起同学都在前三名以内，我的成绩却一直不理想。这极大地打击了我的自信心，差一点就泯灭了我考大学的希望。在我近乎绝望的时候，有一次周三我骑车回家拿煎饼。因为早秋和初夏天气热了，煎饼三天后就霉变，这样我们就只拿能吃三天的煎饼，学校允许我们周三课外活动时回家拿周四到周六的煎饼。回校的路上，遇到了丁金新老师，我们一边往学校赶路，一边交谈起来。当我说到自己对学习失去信心时，丁老师说："宋允举你不要有悲观情绪。虽然这几次数理化竞赛你的成绩不好，但老师们都一致地认为你在我们学校"79级"同学中还是前五名的学生。你一定不要灰心。"听了丁老师的话，我的心里宽慰了很多。我也认真检讨了一下自己，每次竞赛我不是不会做，而是做不完题，原因是我写字比较慢，再就是每次做题都生怕老师看不明白，总是先"因为所以"地分析题意，然后列式计算，这样又耽误了很多时间。再就是因为太在意名次的虚名，所以影响了自己的心理状态。应该丢掉自己的"玻璃心"，向着自己的终极目标——考学努力。

在三班学习三个月后，学校把"79级"高中三个班分成两个慢班一个快班，采取自由报名形式，我毫不犹豫地报了快班。班主任是刘长峰老师，学校安排我当了快班的班长，结束了我三个月不当班长的时光。当时胡凤菊同学是团支部书记，其他班委成员都忘记了。因为，快班存在的时间太短只有两个月。

分出快班两个月后，就放暑假了。八月底开学后，学校又把"79级"高中分成了中专班和大专班，还是自由报名。因为我的目标就是考大学，所以我没有任何犹豫直接报了大专班，当时报名的共有二十四位同学。为我们代课的老师分别是：刘长峰老师教语文，邢秀婷老师教数学，丑宝玉老师教物理，张以哲老师教化学，丁金新老师教政治。班主任还是刘长峰老师，学校还是让我当班长。

可是分出大专班没过几天，刘老师把我叫了出去，说："学校觉得你们应该回中专班学初中，那样考学的把握会大一些，当然毕业时也会发给你们高中毕业证。"我听了刘老师的话后，心里非常不乐意，心想我们就是奔着考大学才来读高中的，再读初中有什么意义。我当时回答说："其他同学我管不了，但我是来读高中的。"刘老师听了我的话，扭头就走了。后来几天也没有什么动静，接着学校就组织学生去天水栈修公路。回学校后刘老师又一次找我，说学校还是希望你们回去复习初中，考中专把握性大。这一次我是这样回答的，我说："刘老师，我是来读高中拿高中毕业证的，我就想要一个真的高中毕业证，不是单为考学的。"刘老师听后扭头又走了，显然是生气了，其实我心里也不舒服。但现在看起来，我的回答的确是太武断了，如果回答说我回去跟同学们商量一下可能结果会好一点，或许跟同学们说了以后大家会想出更好的办法，也不至于以后再有那么多的坎坷和曲折。可刘老师跟我的两次谈话，我都没有跟同学们说过，这是非常不合适的。虽然我没有跟大家说，可能有一部分同学也听到了一些消息，所以，修路回来后就有八位同学离开了大专班。到刘老师第二次跟我谈话时，大专班还剩下十六个人了。

第二天早操，我因为心里不痛快，就没有招呼大家出操，大家都在教室自习。这时，辅助出操的张老师来到教室，把我们"请到"操场上，让我们在操场边上排队站好，开始训斥我们："大家都来看看这些大学苗子，他们还没考上大学就不听老师的话了……"我们就站在那里，直到早操结束。我们这十几个人可以说大部分都是学习尖子，老师的宝贝，大家哪受过老师这样严厉的批评？回到教室后当时就又走了四位同学，剩下的十二位同学大部分人都哭了。我等到同学们的情绪平复后，站在讲台上跟大家说："同学们，是我做得不好才让大家遭这份罪的。现在你们都回中专班吧。但我是来读高中的，哪怕这个班只剩下我一个，我也要把高中课程读下来。"我刚说到这里，可能是杨立志同学先说了一句"我跟'老大哥'读高中"，紧接着大家都说"我跟'老大哥'读高中"。就连宋兆胜同学也弱弱地说"跟'老大哥'读高中"，因为他跟我是本家，按辈分他得叫我爷爷，所以他喊的声音很小。

说起"老大哥"还有一个小插曲。因为1978年春天，电影队放了一部电影，影片名叫《大浪淘沙》，故事中有三个结义兄弟，老大就被两个小弟称为"老大哥"。看完电影后，忘记了是谁先称呼我为"老大哥"的，但是，很快大家就都叫我"老大哥"了。这样，"老大哥"就成了我的绰号，大家跟我打招呼的时候也直接喊"老大哥如何如何"，很少再叫我的名字了。

我见大家都这样表态了，就说"既然大家都要继续学习高中课程，那我们就要自己管理好自己，坚决不违反学校纪律。大家都要相互提醒"。

这次早操事件过后，我们这十二个人的班级又像往常一样平静地过起了紧张的学习生活。虽然刘老师偶尔会在上课时发几句牢骚，但再也没有让我们回中专班过。

不过现在看来，刘老师其实只比我大三岁，当时也就是二十二三岁，我二十三岁的时候还什么都不懂呢，而他已经是班主任了，并且是担任工作极其复杂的班主任。因为他是我们的班主任，学校的安排肯定要通过他来实施，我们又不听话。因此他的确成了"风箱里的小老鼠——两头受气"的角色，他当时承受的压力肯定也是巨大的。对学校那头他只能忍，对我们这头他发火是自然的。可我们特别是我对他的发火却是硬怼的态度，几乎他每次找我谈问题，我都会惹得他不高兴。现在想来还是我误会了他。他其实是非常爱护我们的，我们毕业那天他的做法就是爱我们的最好证明。有时间我一定去向刘老师赔礼道歉，请求他的谅解。

大家的学习生活虽然很辛苦，但我们也都在苦中寻乐。天热时，我们的地瓜干煎饼三四天后就都霉变长毛了，在吃时要先把它们一片一片地揭开，用手轻轻擦掉霉变的绿毛，再竖起来轻轻拍打，让绿毛尽量脱落，或者用嘴吹掉绿毛。然后放在茶缸子里，用开水冲泡两遍，尽量减小霉变的毛腥味，最后才用匙子舀着吃。这样的煎饼实在难以下咽，只能就像吃药一样用水冲下去，如此吃饭的速度就很慢了，也显得枯燥乏味。

有一次我从姐姐那里弄到一本手刻蜡版的《第二次握手》，大家都很喜欢，只能在吃饭的时候看。这时高军就提议，大家轮流吃饭，轮流读小说，不读书的一边吃饭一边听小说，吃完饭的再接替没吃饭的继续读。用这样的方式我们读了好几本小说。这样分散注意力后就顾不上品味饭味的香臭了，同时大家也都想快点吃完接替读书的同学，吃饭的速度就加快了，也丰富了不少文学知识。到后来弄不到小说了，就听王升理同学讲三国故事和水浒故事。这些活动给我们枯燥的学习生活平添了许多乐趣。

光阴似箭，时间不觉来到了 1978 年的年底。这时，沂南县组织了一次全县高中的数理化竞赛活动。因为中专班的同学近半年来没有学习高中课程，学校就从我们班选了王升理、高军、胡凡起、宋兆胜和我等五位同学代表学校参加竞赛。后来

经王升理证明杨立志同学也参加了这次竞赛

竞赛是在一场大雪后举行的，具体时间忘记了，只记得天气非常冷，比赛的地点是沂南县师范学校附属小学（现在的沂南县第一小学），住的地方是沂南县师范学校学生宿舍。

来到师范后，我们被安排到一个大宿舍里面，里面摆满了上下两层的床，这些床比我们五中的要精致一些。同宿舍里面在我们东边有不知道是哪个中学的，他们一窝燕一样地围着他们的老师，那位老师则为那些同学讲解考试最关键的公式定理及特殊问题的解决方法，和考试时的注意事项，讲完后那位老师就离开了。我右侧的王升理同学则倚着上铺的床腿认真地看着书，然后又头倚着床腿闭眼思考了一会，就睡觉了。高军、胡凡起、宋兆胜和杨立志同学在什么位置、在做什么，我都没有注意到，我记住了王升理同学当时的状态，可能是因为王升理同学与那些外校同学同在我右侧。因为那些外校师生的交流场面让我很是羡慕，相比之下更有些伤心。我见王升理同学睡了，自己也跟着躺下睡了。

第二天的比赛考试，不用说是考得一塌糊涂，我具体考了多少分也不知道。王升理同学考得最好，听说也就考了九十多分，总之这次竞赛五中没有名次。后来高军同学说过，是这次数理化竞赛使得学校对我们彻底失去信心的。这也许是我们毕业时被冷落的原因吧。

我这次竞赛考试的最大收获就是又见到了调到一中的、曾经教我们化学的薛森吉老师，之后就再也没有见到他老人家。他讲课条理清晰，言简意赅，通俗易懂。特别是每一堂课开始时，他总是一双炯炯有神的大眼睛看着屋顶，像是背诵一样，对上一节课的内容进行温习，提纲挈领，论述精准，重点清楚，难点易记。如细雨之润旱苗，似雪中之送燃炭。如果他继续教我们的话，我们的化学成绩或许会好一些吧。

县里的数理化竞赛考试结束后，寒假就到了。放假前学校说我们毕业班要正月初三到校。结果初二下了一场冻雨，遍地都铺了一层厚厚的"玻璃"，到处都滑溜溜的。初三天还阴着，冰冻一点也没有化，我们又接不到不开学的通知，没办法还是背上行囊向学校出发了。一路上尽管走得小心翼翼，结果还是摔了好几个跟头。一路上一直把书包抱在怀里，因为里面有盛咸菜的玻璃瓶子，不能摔坏了它，身体也就任由其摔了。这样摔摔趴趴地到下午两点多才到学校，平时两个半小时的路程，这次足足走了五个小时。

到校后才发现老师都没来，伙房的师傅也没来，整个"79级"同学一共才来了不到二十位。大家见面的问候语就是"你摔了几个"。这时候我们宿舍后面的操场全部被冰凌覆盖着，变成了一面大镜子，里面镶嵌着星星点点的小雪疙瘩，就如蓝天上的朵朵白云。大家休息一下后，就都到操场上滑冰。我小时候在冰上挨摔过不敢滑，所以只是看着大家滑。二班的胡成亮同学是一位运动高手，体育项目样样都行，滑冰也是好手，一次就能滑出三四十米。只是在一次滑时碰到了一个小雪疙瘩，摩擦力陡增，惯性把他摔倒了，嘴巴碰到冰面上，满口都是鲜血，好歹没碰坏牙齿。大家见他摔伤后就都没了兴趣，陆续回教室学习了。

吃饭时间，没有开水，大家就到水井边推水车打井水喝，刚打上来的井水虽然也冒着热气，但却凉得很，喝到嘴里冻得牙疼，只能一点一点地喝。夜里北风呼啸，我的床正对着北窗，有块玻璃坏了用干的青草塞着，也抵挡不住多少寒风。睡觉时因为暖热的地方身体一离开就凉了，身体没到的地方更冷，所以不敢蜷腿也不敢翻身，只能直挺挺地躺着睡，一夜醒来感觉很累。

白天的教室也是一样的冷，身上穿得还算暖和，就是苦了两只脚。我因为雨雪没敢穿棉鞋，只穿了一双军用单胶鞋，所以只是一天的工夫两脚的外侧及脚后跟就被冻疼了。直到现在我脚的这些地方还是不撑冻，天一凉就会疼。

如此坚持了两天，到正月初五老师也没有来，大家就都撤离了，直到正月十六正式开学才返校。

时间很快进入五月，我们的毕业季来临了。大家轮流到老三班教室前找完毕业照后，有一天班主任刘老师找我说："你们马上就毕业了，学校决定给你们班三个'三好学生'的名额。你看怎么安排？"我听了刘老师的话，有点不舒服，心想我们马上就毕业了，按一般规律都是多安排几个"三好学生"，图个大家开心，我们班最起码也得给四五个名额吧。想到这里，我就说了一句气话："我们也不听老师的话，还当什么'三好学生'。刘老师接着说："不要？不要算完。"说完扭头就走了。我见刘老师走了，心里那个悔呀，我自己当不当"三好学生"无所谓，可是其他同学还有当"三好学生"权利呀？可最终自尊心还是阻止了我去找刘老师说还要的勇气。现在看起来真的是我对不起同学们，也不知道同学们知道真相后会不会原谅我。

1979年5月中旬我们的毕业季终于来了，因为我班没有"三好学生"，所以毕业典礼大会学校也没有通知我们参加，毕业典礼大会结束后他们就到伙房会餐，据说吃的是粉条炖猪肉。伙房那边不断传来一阵阵热烈的欢声笑语，我们十二位同学却安静地坐在自己的座位上，没有一点声音。我虽然面前放着一本书，却是一点也看不下去，脑子里一片空白。

正在这时，班主任刘老师推门进了教室，他扫了一眼大家，说："走吧，到我宿舍坐坐。"大家顺从地低着头跟刘老师来到了他的宿舍，刘老师为我们泡了一壶绿茶让大家喝。我却没有半点儿心思喝茶，听着伙房那边恼人的欢闹，想象着那欢乐的场面，我的心绪早就飞向了从前。自己从上学起，都是被老师们宠着惯着，哪里受过这样的冷落！眼前的局面可能就是自己自以为是、骄傲不羁的个性导致的吧！我想到了小学的胡均一老师、宋开海老师，初中的彭成举校长、薛芳吉老师、尹继友老师、邢家余老师、张云鹤老师等，他们温暖的笑容、温存的言语、启发我解决问题时的那种循循善诱的秋水般的眼神，想起这些我就感到特别温暖。可眼前的现实却让我阵阵心寒，我的"大学梦"破碎了不要紧，可彭成举校长和父亲对我的殷切期望也破灭了，我对不起他们，我怎么向他们交代呀！想到这些，我的心里酸楚难忍，眼泪也不听使唤地直想往眼外跑。我努力地忍着，眼睛一直盯着屋顶，因为如果低头或平视，泪水就会流出来，那样就丢人现眼了。因此，刘老师的茶水是什么味道我也不知道，刘老师和同学们都说了什么我也没听到。好不容易熬到伙房那边的喧闹声停止，我们才离开刘老师的宿舍。

1984 年的夏天，我去人民会堂看电影时，意外地在临沂地委大院西大门遇上了刘老师，刘老师第一句话就说："你还欠我一壶茶。"我估计就是我高中毕业那天在他宿舍里喝的那壶茶，可是直到今天我还没有还上刘老师的那壶茶。因为急着看电影，那次跟刘老师的相遇没有说上几句话就分别了。只记得他说好像是在一轻公司，我就误认为他调过来了，还误以为他是双堠的。所以后来一直在双堠的老乡那里打听他的消息，一轻公司打听不到，又到二轻公司打听，最终都没有结果。直到 2021 年李长村同学过来说起刘老师的情况，我才知道他在沂南县劳动局工作。我感到非常意外，因为我的大哥就在劳动局，可是从来没有听哥哥说过他。我急不可耐地给哥哥打电话找到了刘老师的电话号码。我电话联系上刘老师后，才知道他已经常驻烟台。看来，我欠刘老师的这壶茶，不知道何时才能还上了。

从刘老师宿舍出来后，我们都悄悄地来到宿舍，卷起铺盖就离开学校了，离开了我生活学习了一年半的五中，离开了给我带来快乐和酸辛的五中，而中专班的同学们则继续留校学习。

回家后，白天我就跟生产队劳动挣工分。工间休息时我就独自躲在角落里，偷偷地背一背数理化的公式定理和政治题，有记不起来的回家后再看书，工余时间还要打理打理菜园和自留地，晚上应付走了玩伴后，就把罩子煤油灯火调到最小，以免被母亲发现又数落我是"熬油鬼"。我借着这微弱的灯光复习功课，努力圆自己的"大学梦"。

六月中旬的一天晌午，我正跟队里的社员们一起割麦子，突然有人在地头远远地叫我，说是五中通知让我马上回学校。我听到这个消息，高兴万分，只顾兴高采烈地往家跑，以至于把给我送信的人是谁都给忘了。

我来到家里包上煎饼，挑上铺盖卷，直奔五中。平常两个半小时才能走完的路程，这次两个小时就到了。由于我距离学校最远，我赶到学校时其他同学都到了，梁校长正在给大家讲话。通过梁校长的讲话，我大体了解到，山东省教育厅下发通知，今年的高中毕业生禁止考初中中专。这样的话，那些学习初中的同学，就只能考高中中专，结果可想而知，希望渺茫。所以学校紧急把我们这十二个人召回，重点辅导，重点复习。我们眨眼之间又成了"香饽饽"。我们都抓住这美好的机会紧张而有序地复习各科内容。老师们也给我们找来各类复习资料，让我们自己刻板油印，有时会忙活到晚上十一二点钟。胡凡起、高军、王升理、宋兆胜他们刻蜡版快，写得也好，所以他们主要刻版，我刻得慢，所以我刻完一版后就负责油印。油印的关键是铺蜡版，要平整，绝对不能有皱褶，否则印出的东西就会模糊不清。这样晚上印好，白天做题，虽然辛苦，但内心却非常高兴。

高考报名时，刘老师都给我们报了高中中专，我自己因为县里的那次数理化竞赛知道了差距，对刘老师的安排没有提出异议。虽然对"大学梦"心有不舍，还是面对了现实。

七月中旬，两天紧张地考试顺利结束，自己感觉考得不错。因此，考试结束后就没有再跟着生产队劳动，平时只是照看一下自家的菜园和自留地，没事的时候就找本小说到河边树林的阴凉里看一回，阴天下雨的时候就陪着玩伴们打扑克。

八月份考试成绩出来了，我们十二个人考过了五个，而这一年全公社总共考过了八个人，我们同级的中专班同学一个也没有考过。我们"79级"终于为五中实现了零的突破，虽然"78级"的同学也有考上的，但他们已经是社会青年，不是五中的名额了。

上中专以后，因为母亲返城，我也远离了故乡，但对自己在五中的际遇却一直心怀耿耿。直到21世纪10年代以后，与同学沟通交流多了，与其他地方的人交流也多了，这时才知道高中读初中的情况沂南县就不少，临沂市范围内也很多，并不是五中的独创。五中"独创"的是容忍了我们的任性，给我们继续创造条件学习高中课程。

我知晓这一切后沉默了，我们的命运是多么的好啊！我们那样地任性，五中却包容了我们，我们尊敬的梁校长有多么宽广的胸怀呀！可当我认识到这些的时候，当我想向尊敬的梁校长说一声感谢的时候，他却已经远去了，早已倒在了他热爱的教育工作岗位上。

我感谢老五中，她给了我多彩的学习生活；我感激老五中，她锻造了我的性情，使我在此后的岁月里能够直面一切艰难和坎坷；我更感恩梁校长，他用博爱的情怀成就了我的人生。

2024年1月6日

# 流光逝水

王升理

作者简介

　　王升理，男，汉族，山东省沂南县孙祖镇姚家官庄（今姚家岭村）人，1962年7月出生，大专学历。先在几个乡镇中学，后在沂南城关中学和沂南五小工作，现退休在家。1979年9月至1981年7月，在沂南师范上学。1986年9月至1988年6月在临沂教育学院（今临沂大学）进修学习。长期在小学和初高中任教，从教达四十一年之久。一生酷爱文学，业余时间笔耕不断，曾在《阳都文字》《沂南通讯》等发表小说、诗歌等。

# 打马向山西

正月十五元宵节的夜晚，皓月当空，月光如水，山间野外，花灯闪闪，不时传来一声声震耳的鞭炮声，空气里弥漫着刺鼻的火药味。王生从坟地里送灯回来，就独自躺在后花园里大槐树下面的一个长椅子上，望着那皎洁的明月，脑里想着嫦娥奔月的故事。

王生嘴里不由得咏吟着李商隐的诗句："嫦娥应悔偷灵药，碧海青天夜夜心。"

他体味着嫦娥那孤独幽怨的心情，不由得怜惜起嫦娥来了。一种若即若离的恍惚梦境，迷昏了他的头脑。忽然从月亮上倏地掉下一个铜钱来，"咣当"一声落在他的面前，立时面前出现了一位俊俏无比的姑娘，长得婀娜多姿光彩照人，身上散发出阵阵香气，眼里满含着缕缕深情。

姑娘对王生说："我叫月娥，如蒙王君错爱，请到山西洪洞县大槐树庄野鹊窝找我，我在那里等你。"

说毕突然不见，只留下一个倩影几缕幽香，一下子把王生给迷倒了。从此王生就害了相思病，饭也吃不下，觉也睡不好，日渐消瘦下来。王员外给他求了多少名医都不能医好他的病，他对他父母说，他的病在心里。于是他把正月十五元宵节晚上遇见月娥的事讲了一遍，并说只有让他到山西洪洞县大槐树庄野鹊窝见到月娥，他的病才能好，人人都认为他疯了。可是王生的病却越来越厉害了，与其让他死在家中，还不如让他去试试，兴许能医好他的病。加之王员外只有他这么一个宝贝儿子，所以王员外老两口也就同意了。给他准备下许多金银作为盘缠，另外又派上了六个保镖，就让他们出发了。

他们骑马走着，一路上不知翻过了多少座山，也不知涉过了多少条河，一个多月过去了，金银用尽了，他们只好卖掉坐骑。又坚持了一个多月，卖的钱也花光了，还是没有到达山西洪洞县大槐树庄野鹊窝。王生只好把六个保镖都留了下来，让他们在此处等他，他独自一个人去了。他抱着一个坚定的信念，那就是如果找不到月娥，他绝不回家。

他沿途要着饭，坚持往西走去。人烟越来越稀少了，一连好几天他都要不到吃的东西了。他只好在荒野里找几个野果子吃，后来连野果子也没有了，他就只好扒些树皮掘些草根吃了度日。

有一天晚上，他爬进了一座深山，肚子已经好几天没有吃到东西了。忽然，在深山的山坳里有一个亮光，王生心想："一定是户人家。"他欣喜若狂，就奔了过去，敲了敲门，门开了，露出一个老妈妈的脸。

老妈妈一见他就亲切地对他说："他姐夫，你来了。"

"来了，来了。"王生胡乱地答应着说："有吃的没有？老妈妈，我饿坏了。"

"有，有。"老妈妈说。

只见老妈妈用小勺挖出一点小米，倒上水，在火上煮了一会儿，递给王生。王生心想："这点米饭也就够我塞牙缝的。"可是他吃多少马上又长出多少来，吃了大会儿，却一点也没见少，但肚子里却早就吃饱了。

老妈妈接过勺子数落着他说："一个大男人家，白搭，连这两口饭也吃不了，还不如我这样一个老婆子。"

说着两口三口就把剩下的米饭吃净了，王生很是吃惊，疑心她是神仙。其实她就是月娥的母亲，在这里专门来等候王生的。当下她为王生铺好床，王生已经疲惫不堪，头一挨枕头就呼呼地睡过去了。

天明了，老妈妈早早地把他叫醒，对他说："洪洞县大槐树庄野鹊窝就在山的下面，你合上眼，朝前走一百步就到了。"

王生按照老妈妈说的话去做，果然买到了大槐树庄。庄院大门外场地上长着一棵十人合抱的大槐树，树叶特别繁茂，遮去了大半个场地，少说也得有几百年的历史了。树上面的顶枝上还有一个大野鹊窝，只听得野鹊正在"喳喳"地叫着。

庄园大门口，一个老爷子正在扫地，一见他就笑着招呼着他说："他姐夫，你来了。"

王生一听，知道他就是月娥的父亲，忙向前跪倒，口称："岳父大人在上，受小婿一拜。"

那老爷子忙把他拉起来，招呼着家人，家人把他领到庄院里面。人们纷纷和他打着招呼，这个叫姑爷，那个叫姐夫，弄得王生答应不迭。最后月娥才出来把他领到自己的绣楼，问了问他这一路上的情形。

"你看咱爹怎么样？"她问。

"咱爹挺好哇。"王生说。

"你别看他笑嘻嘻的，其实这桩亲事他很是不同意，奈何我就是铁了心，他也就没有法子了。按他的想法是要把我嫁给山前庄里的孙道士呢，你要特别当心他害你。"月娥提醒王生说。

"那我应该怎么办呢？"王生满心惊恐地问。

"今后老爷子不管要你干什么？都要来和我说一声，我能帮你破解他的法术。"月娥嘱咐王生说。

王生答应着去了。

这天老爷子找到了王生，对他说："佗姐夫，你今晚上到西屋里去睡吧，那屋又宽敞又明亮，我早已给你拾掇好了呢。"

月娥听了王生的回复后，很是吃惊。她对王生说："他那是想害死你呢，那屋子里有成千上万只跳蚤精和虱子精，专门喝人血吃人肉的，不过也不碍。"

月娥交给王生一只金钗，对他说，只需如此如此，王生去了。

晚上王生刚睡下，就听得床上、地上和墙上跳蚤虱子蠕蠕爬动的声音，心中非常害怕，忙拿出月娥给他的金钗敲了敲，说："跳蚤精，虱子精，你们再敢动一动，你姑娘的金钗就要你们的命。"

霎时什么声音也没有了，跳蚤精和虱子精也没有了。

第二天，老爷子早早地起了床，拿着铁锨扫帚提着垃圾桶，准备来收拾王生的骨头。谁知敞开门一看，王生还睡得正香呢，王生故意鼾声震天，老爷子气哼哼地走了。

吃罢早饭，老爷子对王生说："他姐夫，你今天到山上去砍来八十一棵竹子，我好做屋料。"

月娥对王生说："每根竹子里都有一条毒蛇，不过不碍事。你砍的时候先用绳子捆住根部，然后再砍。砍完之后就说'蛇精，蛇精，赶快给你姑爷把竹子拉回家中'，就行了。"

果然，王生按照月娥的嘱咐，把八十一棵竹子一棵不少地运回家中来了，老爷子气得鼻子都歪了。

午饭后，老爷子又叫王生去放羊，月娥说羊圈里都是狼。于是给了王生一个碗一双筷子一包针，嘱咐他如此如此，王生去了。

王生打开羊圈的门，拔腿就跑，那些狼饿了好几天了，这时都吼叫着追了上来。眼看快要追上了，王生忙往身后扔掉一只碗，顿时身后出现一座大山，那些狼吃力地在山上爬行；一会儿，那些狼又追上来了，他忙向身后扔下一双筷子，立时身后又出现两道长岭，那些狼在长岭上艰难地爬行；一会儿，那些狼又追上来了，他忙向身后撒出一包针，马上变成满山遍野的蒺藜，那些狼一个个被扎得龇牙咧嘴地哇哇怪叫；眼看着那些狼就要追上他时，他一下子跑进家中，那些狼就不追了。

老爷子一看，又没害死王生，气得他火冒三丈，恨恨地说："小死妮子，看你还能暗中救他不！"

晚上，老爷子突然叫王生从西屋挪到他屋和他一床睡，王生来不及请示月娥，他看见床前有一眼井，心里顿时明白了八九分。睡中他偷偷地起来，只把枕头放在那里。老爷子睡醒了一觉，一蹬脚，只听"扑通"一声，枕头就被他蹬到井里去了。

就听他得意地说："哼，看你还能躲过这一脚吧！"

说完，老爷子又呼呼地睡过去了，王生这才又爬上床来睡了。

天亮了，老爷子醒过来一看，王生还好好地睡在那里，早把他脸气成酱紫色了，眼睛也都气昏花了。

这时月娥来了，昨天晚上她一夜未睡，今天早晨起来，她把王生领到她的绣楼里。听了王生的回报，月娥当下叹了口气说："你我的缘分完了，你怕是下一次逃不出他的算计了。"

王生大哭，要月娥救他。

"你再在他屋里睡觉，他要害你，我也没办法呀。三十六计，走为上计，我们还是走吧。"月娥长叹了口气说。

于是，月娥给王生一把红油纸伞，对他说："你扛着这把红伞先走着，只是别回头看，也别把这伞打开，我随后就到。"

王生照着月娥嘱咐的话去做了，一路上光听得后面喊杀冲天呼声震地。虽然他总想回头去看看，但想起月娥的嘱咐，他都忍住了。

这时正是夏天的上午，烈日高照，万里蓝天一碧如洗。他扛着一把红伞走着，汗流浃背，挥汗如雨。

一群在树下乘凉的人笑话他说："这个人真是个傻子，大热天有伞不打开却扛着走，真是傻到家了。"

王生一听，心想也是，来到一个僻静的地方，他就把伞撑开了，"叭哒"一声，从伞里掉出一个赤身裸体的女人来，正是月娥，只见她羞得满面通红。

她责备他说："不叫你打开，你偏偏打开不可，你看这下我可怎么办呢？"

看见王生惭愧不已，月娥不由得又心软下来说："罢罢，我变头驴，你把我卖了，好讨些盘缠用。"

王生急了："说，我这次千辛万苦地前来，就是为了你呀，我怎么能把你卖了呢？"

月娥嗔怪地看了他一眼说："傻瓜，我怎么会离开你呢，我还会有办法回来的。"

于是月娥就变成了一头驴，王生牵着到市场上去卖。卖的价钱很高，要六百两银子，太贵了没人要。这时正好山前边庄里的那个孙道士从这个地方经过，他认出这头驴子就是月娥变的。他早就对月娥垂涎三尺，以前听到她拒绝他的求婚，早就怀恨在心了。他想："如果买回去封闭七天，就能变成一匹真正的金驴子。"所以他就准备把它买下，驴子踢王生意思是不卖，可王生全理会错了，他还以为叫他给抬高价钱呢，于是一口咬定非要一千两银子不卖。孙道士也不争辩，拿出一千两银子就把驴子给买了去。

孙道士把驴子关进一间一丝风都不透的纸糊的房子里，等待着七天以后把它变成一匹真正的金驴子。他哥哥家的他的小侄子很是好奇，他不知道叔叔搞的是些啥名堂。在第七天的上午，趁叔叔不注意，他偷偷地在纸房子上戳了一个窟窿，准备往里看。驴子正憋闷得要命，得到这个窟窿，透了口气，马上摇身一变，变成一只家雀，就从窟窿里飞了出来。孙道士发现了，马上变成一只老鹰追了上去。眼看就要追上，那家雀马上变成一枚铜钱，落在一条路上，正好被一个担水的娘们拾到了。老鹰马上变成一个乞丐，跟在那个娘们后面哭哭啼啼地要那枚铜钱，要得那个娘们生了气，她将那个铜钱朝井台上一摔，那铜钱立刻变成一只老鼠。孙道士立刻变成一只大花猫去追老鼠，追着追着老鼠钻进墙窟窿里去了，乞丐变成的大花猫就守在墙窟窿出口处。可是猫守着守着，由于疲倦就睡着了。老鼠从墙窟窿里钻出来，摇身一变成了一只大黄狗，上去把大花猫一口咬死，然后重新恢复原貌成了月娥。

她擦了擦脸上的虚汗，舒了口气，说："好险哪！"

月娥去找到了王生，接着他俩又去找到了山洞里的六个保镖。六个人自与王生分手后，各自闯荡。现在大家欢聚在一起。见王生领回来一个如此如花似玉的仙女，大家都非常高兴，不免在一起就都喝多了酒。他们看着月娥如此美貌，就有些酒壮色胆，不免对月娥有些失礼，有些动手动脚，月娥就想惩罚惩罚他们。

大家都要睡觉了，月娥问："你们要文睡呀还是武睡呀？"

众保镖问："什么是文睡，什么是武睡呀？"

月娥说："文睡就是平常睡觉，武睡就是割了头睡觉。"

众保镖都是武家出身，齐声说好玩，纷纷要求武睡。

于是月娥就把他们的头都割下来，他们就都睡了。因为月娥嫌他们对自己不老实动手动脚非礼自己，就把他们的头都换成了猪头、狗头、猫头、羊头、牛头和驴头，放在他们的枕头边上。

第二天早上，众保镖醒来，都把头往脖子上安去。大家互相看着，这个说："咦，你怎么是个猪头哇？"那个说："咦，你怎么是个狗头哇？"叽叽喳喳一阵吵嚷，接着就都放声大哭。

月娥就对他们说："今后你们还敢对我动手动脚不？"

众保镖齐声说："再也不敢了！"

月娥说："现在还不能给你们换上人头，只要你们规规矩矩听话，等回家后就给你们换回人头。"

六个保镖只好都戴着头罩，骑着马一路走着。等快到家了，六个保镖都羞于见到家人，就都不走了，都来到村西边的山上，住进山洞，不愿回家。

王生月娥回到家中，那六个保镖的父母听说他们的儿子住在西山的山洞里都不回家，就都哭哭啼啼地去找儿子。王生月娥只好把他们领去，月娥就把他们全都换回了人头，和他们一起，回到了老家。

回家后王员外老两口子非常高兴，就欢天喜地地给他俩举办了婚礼，婚后两人生活得非常幸福快乐。

有一天月娥到河边去洗衣服，忽然来了一个老道士，不转眼睛地看着她，她感到很是蹊跷。老道士挺让人讨厌，月娥就用手就在一块石头上画了个"十"字，朝老道士一指，使老道士不敢看她。老道士大怒，就在一块石头上画满了密密麻麻的"十"字，朝她一指，顿时她的心里就像下了一包针，不敢动弹一下，一动就疼得要命。原来那个老道士就是孙道士的师父，今天专门来为他徒弟报仇雪恨来了。

从此月娥整天坐立不安，弄得家里人很不得安宁。每天她心里都是疼得要命，整天闹个不停。她本来不想消除自己的仙体，但是实在疼得没有法子，就只好使用最后的法子了。她嘱咐王生，把她扣在水缸底下，用三十六担干柴烧着水缸烤她才行。并嘱咐王生说任凭水缸里面她怎么呼救也不要救她，也不要敞开水缸，直到火熄灭后才能打开，王生就一一照办。

那天月娥在水缸里被烤得死去活来，她发疯地喊着叫着救命，叫着王生的名字，叫他打开水缸。但王生牢记月娥的嘱咐，就是不打开水缸。她就骂王生忘恩负义，直到后来没有了声音，王生得到月娥的嘱咐，就是不打开水缸。直到后来火熄灭了，王生打开水缸，把昏死过去的月娥给抬到床上去，月娥三天后才醒过来。

从此以后，月娥的仙体都褪去了，一点法术也都没有了，她成了一个凡人。不过王生和月娥生活得非常幸福，后来一直白头偕老。他们生育了好多儿女，孩子们给他们带来了无限的欢乐。

忽然王生被一阵阵鞭炮声惊醒,睁眼看时,月上中天,月光如水,只见满天烟花火花乱窜。他记起原来今天是正月十五元宵节的晚上,他躺在后花园里的大槐树下面的长椅子上睡着了,他记得他做了一个美梦,那梦境依然历历在目……

1980 年 5 月 7 日

# 屠龙恩仇记

## 一

这是一个夏天的早晨，太阳还被乌云遮着。山间沟壑里倾泻着流水，山坡树林里升腾起如云一样的白烟，一直弥漫到山顶，浓雾笼罩着山头。

一大早，施义和黄威就来到山上砍柴。他们两人是同窗好友，两人从小一起玩耍一起上学，一起砍柴买柴。施义家穷，家中只有一个老母，娘俩相依为命，施义砍柴卖钱养家糊口。黄威的家比施义家稍强，父母兄弟姐妹众多，但也需黄威砍柴卖钱度日。他们两家住在离京城不远的一个小山村里，他俩经常砍柴去京城里叫卖。

近来流言传得越来越真了，据消息灵通人士透露，说是最近出了一个妖怪青龙，专门掳掠美貌女子，不少女子死于非命。施义和黄威昨天去京城卖柴，就听得京城里街谈巷议人心惶惶颇为不安。

施义和黄威正在山坡上砍柴，忽然刮起一阵妖风，就听得空中呜呜作响，就见一条青龙翻滚而来，搅动起一股气流，伴随着几声呼啸，震得山摇地动。又见青龙径直向他们砍柴的地方飞来，吓得他俩急忙把自己的身子伏在一块大石头的后面。

施义和黄威偷偷地观察着青龙到底长得什么样，只见那青龙两只眼睛像两只大灯笼，身子就像一条大蟒蛇，只不过多了几个爪，身上还有几条滑溜溜的条纹。只见它前两爪抓着一个花花搭搭的东西。慢慢地青龙飞到他俩跟前了，于是一个女人的哭声也就从青龙的前两爪下面隐隐传来。施义的心猛地一震，立刻就知道青龙前两爪上抓着一个女人，心中不由得忐忑不安起来。看黄威时，只见他头插进石缝里，吓得大气也不敢喘。这时施义倒也没有着慌害怕，只是将斧子紧紧地攥在手里。眼看青龙就要从他的头顶上飞过去了，说时迟那时快，施义一跃而起，重重的一斧子就砍向青龙的脖子上去了。青龙疼得扫了一下尾巴，扫在一棵松树上，那树终于受不了青龙的一击，便嗖地倒下了。松树又带下去了几块石头，石头击打着石头，就听得石头哗啦哗啦地滚下山去，山谷中传来一阵石头撞击的响声。

一则是青龙害怕这响声，怕有人暗算他，二则这家伙也飞累了，三则这家伙受了伤不便作战，便狂啸了几声，如晴天霹雳震耳欲聋。就见青龙像一溜烟一样，窜向远方的天际，又缓缓地落到一个山坳里去了。施义和黄威都知道，那个地方有一口很深的石井，青龙受了伤，一定是躲进那口石井里疗伤去了。二人急忙担柴下山，就往京城奔去。

## 二

施义和黄威担柴来到京城叫卖时，已是东南晌时分，只见大街上的人三三两两议论纷纷。流言传说得越来越清楚了，二人听说，今早晨皇宫里突然闯进一条青龙，把皇姑给掳走了。皇上大怒，降诏说谁救了皇姑除了青龙，就把皇姑嫁给他，招为驸马爷，因此京城里街谈巷议满城风雨。京城中心的广场上贴了一张告示，很多人前来观看。施义和黄威卖完木柴，也挤到告示处看，只见有两个士兵持戈把守。

墙上的告示上写着：

太平世界，朗朗乾坤，何不幸也，竟生妖孽青龙，啃噬人类，为害八方。

今掳得皇姑而去，生死茫茫。特昭告天下，望天下大有能之壮士，若能降妖除怪，拯民于水火，救得皇姑者，即招为驸马，同享大安。使妖孽不可再，不可三，急急如诏。钦此

石义和黄威看罢，即刻上前向两位士兵双手打拱，施义上去揭了皇榜。两位士兵见状，就带他们二人去面见皇上。只见他俩走进一道宫墙，又进入一个大殿，两边都是执戈卫士，气势森严。二人来到金銮殿下，双膝跪倒，口称："皇帝万岁万万岁！"施义高举告示，二人齐声说："我们知道妖怪去处，愿除此妖怪，为民除害，为国尽忠。"

"善哉！"金銮殿上的那位皇上长着四方白脸，红嘴唇一张一张地说："二位壮士既然已经知道皇姑被青龙掳去，当努力救出皇姑，朕必有厚报，愿同享富贵荣华。"

"遵命！"二人不断地磕头说。

三

青龙住的地方找到了。

这是一个长约数丈宽约一丈的石井，深约二十米。井沿上还滴着几点血迹，已经干涸得有些发紫了，这大约就是青龙留下的。井里面一片漆黑，倒使人觉得有些冷气，不时传出青龙呼噜呼噜的打鼾声。

"趁青龙睡觉，下去结果了它性命，正是时机。"施义附在黄威的耳朵上轻轻地对黄威说。

"你上一次砍了青龙，已经有了经验，你下去必然成功，这个家伙睡着了。"黄威试探性地对他说。

于是就约定，施义下井，黄威在上面接应。他们把绳子拴在一块大石头上，施义抓着绳子站在托筐中便被黄威滑下去

了。施义从托筐中出来，见是一个枯井，下面较为宽阔。只见井角有一个不大的泉眼，有着一汪清水。他听见鼾声震天，循声望去，只见一条大蟒蛇样的东西正蜷曲着身子在那里睡觉，脖子处还有一道深深的伤疤，正是那天施义用斧子给砍的。有个少女躲在井里的另一角奄奄一息，正是皇姑。他慢慢举起斧子朝青龙奔去，到了跟前，对准青龙的头顶就狠狠地砍去。只听"扑哧"一声，斧子正好劈在青龙的头盖骨上。熟睡中的青龙疼痛难忍，拼命地滚动着身子挣扎，它的尾巴把施义给扫倒了。施义在地上滚了滚，跳起来，跳到青龙的脖子上，对准青龙的头部又是一阵乱砍。只见青龙满头鲜血，只是张着大嘴喘气，喷得到处烟雾缭绕，渐渐地身子瘫软了下去，不多会，一动也不动了。施义起来看时，见是一条长有数丈的像大蟒蛇一样的青龙，身子已经软绵绵地死了。

施义前去抱起已经吓昏了的皇姑，皇姑瘫倒在他的怀抱里。他把她放在托筐中，示意黄威把她拉上去。他喊着黄威，黄威用力地把托筐拉上去了。施义看见黄威把托筐拉上了井台，皇姑得救了。

施义喊着黄威把托筐滑下来，但是黄威却说了句："你去死吧！"就向井里抛下一块块大石头。施义赶紧躲避，但一块块大石头总向他砸去。他躲闪不及，终于被一块大石头砸中头部，昏死过去。

等他醒过来时，他就觉得身子还僵硬得动弹不得，身上压着许多东西。当他睁开眼睛看时，也大吃一惊，这才发现身上压了很多块大石头。

只见一条小白蛇正在舔他身上的伤口，舔到处，伤口自然痊愈。见他醒来，便爬到他的耳朵处，断断续续地对他说：

"黄威无道，坑汝井中。吾奉天命，救汝一命。汝闭眼片刻，走百步便可至家矣。皇天佑德，恩被四野，赐汝一如意狗皮。何用乎？呼之即有所得。切记！切记！"

于是他便接了那件如意狗皮，闭了眼睛，仿佛他也就站起来了。于是就走，数到一百步的时候他便睁开眼睛，果然就到了家中。虽然小白蛇的话他不全懂，但回想起之前的事便可得知，更不用多问。他睁眼一看，便觉得家变了，门楼已经没有了，门前的树木也被伐光了，三间堂屋也被掀塌了，只剩下东边的一间锅屋。

他于是喊了声："娘，我回来了。"

就听得锅屋里有个声音在问："谁呀？"

"娘，我是施义呀。"施义答道。

"不是说施义叫洪水冲去了吗，你是他的魂啊？"娘问。

"不是，我是叫黄威填在井里，被小白蛇救出来的。"他于是走进屋。

只见他娘朦胧着眼睛，喊着："义啊，你过来，娘可把你盼来了。黄威自从你走后，把咱的家也糟蹋得不像样子了。"

于是，娘向施义说了他走后的事情。原来，黄威怕施义他娘知道他害施义的事，经常来这里捣乱，后来知道施义娘并不知道他害施义的事，便算完了。作为搪塞，假说施义被洪水冲走了。谁知施义娘想念儿子，眼睛竟哭瞎了。

施义当时就拿出那件如意狗皮，口中念念有词，就见三间堂屋又重新立起来了，门楼也重现了，门前的树根又重新长出树干树叶来了，一切又都恢复了原样；他又口中念念有词，就见一桌热气腾腾的酒菜摆在面前的桌子上。

施义又对着那件如意狗皮念念有词，说："娘，你睁开眼看看吧。"

就见他娘眼睛也看见了，喜得抱着施义左看右看，说："果然是义儿！"不禁流下热泪，于是他们就吃饭。

# 四

第二天，施义跪在皇上面前告状。

"小人禀告万岁，前些日子我同黄威一起去救皇姑……，"于是施义把他怎样除青龙救皇姑，又是怎样遭黄威陷害的事，原原本本地叙述了一遍。

皇上闻言大怒说："黄威禀告说，你被青龙咬死，是他救了皇姑，杀死青龙。他如此欺君罔上，残害壮士，罪不容恕。来人，把黄威拿下，待审明真相，再作处置。"

皇上又问明了皇姑，知施义所言为实，于是判黄威死刑，又下诏把皇姑许配给施义。

流言传得也真快，顷刻之间满城都知道了。然而人们都很怀疑，认为施义早被青龙咬死，及至看到施义还活着时，便当作一件奇闻。当大家知道是黄威陷害施义时，也都怒气满腔，待到看到黄威被斩，有许多人直呼："合该！"

紧跟着就是施义和皇姑结婚大喜的日子，这是一个好天气，天气晴朗温暖，人们都去看那倾城倾国的皇姑的结婚大典了，结婚典礼办得非常隆重。等结婚仪仗经过时，看的人早挤得一塌糊涂了。

1978 年 7 月 26 日

# 且读斋走笔

高 军

作者简介

高军，山东省沂南县大庄镇茶臼庄人，中国作家协会会员，齐鲁文化之星，沂南县作家协会主席。先后担任过重山公社葛墟联中、岸堤中学语文教师，岸堤镇委秘书、组织委员、副书记，朱家里庄乡委、依汶镇镇委副书记，沂南县新闻中心工会主任等。在《人民日报》《文艺报》《光明日报》《诗刊》《诗探索》《名作与欣赏》《北京文学》《山东文学》《西南军事文学》《草原》《芒种》等百余家报刊发表三百余万字。多次被《小说选刊》《读者》《传奇文学选刊》《青年博览》《复印报刊资料》等转载，作品入选《中国新文学大系》《新中国六十年文学大系》、漓江版《中国年度小小说》、长江文艺版《中国微型小说精选》等三百余个权威选本，个人已出版《紫桑葚》（黄河出版社）、《一辈子也不说》《真爱不留缝隙》《租用蓝天》《红唇印》《青苹果》《咱们来个约定》《重新学话》《把母爱还给你》《紫桑葚》（江西高校出版社）等小说集；《小小说内外》《山东小小说作家研究》《对话或漫游》《沂南文学史》《在纸上的诗意游走》等文学评论集；《昭示人格的火焰》等散文集；《诸葛亮二十八讲》等论文集；《沂南文化记忆》等地域文化研究文集。主编有《沂南地名故事》《沂南十年文学作品选》《聚焦北庄——八楼刘故事》《汶河岸边——依汶故事》《双堠民间故事》《蒲汪民间故事》《汶河岸堤》《岸堤民间故事》《孙祖民间故事》《马牧池往事》《大庄往事》等。《紫桑葚》收入语文出版社出版的全国通用小学教材《语文》（五年级上册），在全国十多个省区广泛使用。

# 四分之一条牛腿

我的老家是大庄镇茶臼庄村，但我父亲很早就出来工作了，先在祖孙苗圃，后在孟良崮林场，我不是在老家出生的，但我会经常回去看看自己的根脉所在。

1977 年，我刚满 15 岁就写了入团申请书。看到《入团志愿书》上有外调情况，上面说我们家"土改"前"有四分之一条牛腿"，我当时不太明白。不久后回到老家，听爷爷说起旧社会的生活，我才知道这是说那时生活贫穷，更缺少畜力，16 家共同养了一头牛，用来耕作土地。最近，我又在一份档案中，看到了奶奶娘家的艰难情况，奶奶不大的时候她父亲去世，七八岁就去给本村大户孙元祯家干活了。

我印象最深的是，爷爷奶奶对新社会充满感激之情。每次回去探望，两位老人总是乐呵呵的，爷爷还经常说："是共产党来了，咱们家才过上了人过的日子。"

爷爷对党的感激之情，更是体现在行动上。1952 年隆冬季节，爷爷和奶奶将 19 岁的长子，也就是我的父亲送往孙祖苗圃参加工作，让他去为绿化新生共和国山河出力，父亲成为这个单位最早的工作人员之一。后来我有机会看到一份早期档案材料里面介绍说这个苗圃是"1952 年冬天由 12 名工人，在起伏不平的河滩地上，白手起家建起来的"，心里激动而又自豪的是这 12 人中就有我父亲的身影。孟良崮林场建立的时候，父亲又作为第一批建设者被派去了，为让孟良崮披上绿装出大力、流大汗。"林场工人高开芳说:'英雄们能在这里消灭敌人,我们就能把这里建设好!'"这是 1965 年 7 月 3 日《大众日报》发表的通讯《今日的孟良崮》中对父亲的一份珍贵记录。后来,在孟良崮林场第一次发展党员的时候,父亲成为一名共产党员。退休后,他仍退而不休,一直在林场帮助工作到生命最后一刻。爷爷和奶奶还陆续把另外三个逐渐长大的儿子全部送到部队上。爷爷这样说:"舒心日子需要你们去出力守护啊。"我的二叔、三叔、四叔都成为部队大熔炉中的一员,四叔还在入伍第二年就加入了党组织。言谈举止中,他们对党充满感恩之情。

我上初中的第二年,中考、高考制度恢复。我有幸搭上了改革开放的早班车,通过升学考试进入了中专、大学,在 1981 年有了一份正式工作。工作中,我认真学习党的路线、方针、政策,积极工作,追求进步。我于 1985 年 10 月光荣加入党组织。作为一名 23 岁的年轻党员,我一直以党员的标准严格要求自己,并不断成长进步着。

2020 年 11 月,女儿在大学毕业不久,又通过公务员招考进入了县医疗保障局工作。前不久,她神色庄重地告诉我,已经向党组织递交了入党申请书。听到这一消息,我心中感到很欣慰。爷爷和奶奶、父亲和母亲都是从旧社会走过来的,他们都深切感受到是党领导人民过上了越来越美满富裕的日子。我和女儿也都是因为赶上好时代,才有了一份美满的工作,有了自己的幸福生活。

从童年到青年,从青年到中年,我每次回老家,发现村庄的面貌都在不断发生着变化。最早的记忆是,小时候有次回家,发现村里从跋山水库引水种植水稻,家家户户都开始吃上大米了。村民的房子也逐渐从"土打墙"的草顶房,变成砖混结构的"三趟瓦"和全瓦房,近些年很多家都又住上了楼房。村里还建起了文化广场等,村民的文化生活不断丰富着。

最近一次回去，问起村里现在是否还有养牛的，乡亲们热心地告诉我，"有，几十头上百头地养，是养牛专业户呢。"牛也不再是耕地拉车的劳动力，现在种庄稼有拖拉机、播种机、收割机等，很多家都有一到几辆小汽车了。

回望我们这个家族从"四分之一条牛腿"一路走来，家族成员始终听党话、跟党走，紧随共和国发展步伐，一辈辈人的生活都发生了很大的变化。从我们这一代说的话，我一直在机关工作，弟弟办起了鞋帮厂，发展得也不错；几个叔父家的弟弟妹妹家家都生活美满。下一代都事业有成，再下一代也都在健康成长着。

2021 年 5 月 12 日

（发表于连云港市《企业文化》2021 年第 2—3 期）

# 书堂映像

书堂村是出生地，也是青少年时期生活过的村庄，虽然离开那儿已经将近三十年，但那里的山川河流、土石草木早已积淀在我的心灵里，浓郁乡音、独特民俗一直流淌在我的血液里，每过一段时间总是忍不住回到那里，登山看水，呼吸几口清新空气，会面几个熟悉或不熟悉的村民。在从小到大的无数次往返中，我亲眼见证了这个山村缓慢却惊艳的华丽转身。

## 地名问题

小时候怎么也弄不明白这里为什么叫书堂，我是 1970 年开始上小学的，记得那时村里已有几间小学教室，在那低矮的草房子中昏暗的土台子上，我们见到的只有《语文》《算术》两种课本，其他书籍见不到任何一本，更不用说什么"书堂"，这里怎么会有这么儒雅的一个名字呢？

直到多年后，我查阅一些资料，走访、考察多个文化遗址，才知道这里在明朝末年就是树木葱茏、山清水秀的避暑胜地。当时外村有一个叫刘皋的大户人家建造了一处精致别墅，设置"书堂"，存了很多书。他们一家每到夏天就来避暑读书，过得优哉游哉。后来，居民越来越多，就以书堂作为村名。

往往越是这样的地方，就越是贫穷落后，这里当然也是如此。书堂村后高高耸立的是雕窝山，西北再远处是孟良崮和大崮顶，西南是万泉山与栈山口子；东南是瓠子山，上面兀立的一块大石头就是一个非常形象的瓠子形状；东北部一条丘陵，名字叫大岭，再往下走叫麻家岭。书堂村就处在三面大山一面丘陵的包围之中，一千多口人的村庄，分布在三十六个地方，形成了三十六个自然村，比如直沟只住着高元芹一户，杨大曼家那个自然村也是仅有一家住户，笊篱头只有两户胡姓人家，有一个顺口溜是这样说的："书堂村在雕窝前，人们居住很分散，老公石就在大岭前，新村、麻坡紧相连，东、西李家和转圈，大、小平沟在东山，笊篱头、大路沟，翻岭就是长岭沟，大、小鹁鸪峪在南山，上、下杨家在大顶子前，陡沟就在庙正南，东沟、小书堂、琉璃碗（六里湾儿），张家、直沟离不远，泉子沟以下是上园……"凭这些自然村名你就能想象出这里的土地是怎样的纵横薄瘠、高低不平，收成当然就很少了。记得小时候我们家七口人是农业户口，麦季里收下麦子全家能分到21斤小麦，这就是我们家一年的精粮，其余的大多就是地瓜干，但也不够一年的口粮。多亏我父亲在林场当工人，每月有国库粮供应以补贴家用，才让我家的生活略像点样子。

实行责任制后，村民的生活开始有了根本变化，记得那年我们家一下子收获了两千多斤小麦。一家人总是疑惑不已："地还是那些地，怎么过去全家只能分到21斤麦子呢？"

去年，我应邀到母校举行一个谈读书的讲座，碰到几个比我小几岁的小伙伴，他们都是大学毕业采这所中学里当老师的，我们兴奋地谈论着，都说村子里学习风气很浓，建有文化广场，有存书丰富的农家书屋，书香气息氤氲弥漫，出了不少人才。恢复高考以来，村子里走出几十个大学生，光这个学校就有八九个书堂村的老师，有的还是堂叔兄弟等。我和他们异口同声地发出同样的感慨："书堂，书堂，终于名副其实了啊。"

## 道路越来越好

我记得小时候这里的树木已经长起来，过了代庄河开始上麻家岭，四面的山坡上全是密密麻麻的马尾松，一阵风吹来会发出尖锐的呼啸，野兔和各种禽鸟随处可见。中华人民共和国成立后村民响应党和政府号召开始绿化荒山，1958 年建立孟良崮林场，解放军开进到这里，共同治理荒山，被称为第二次孟良崮战役。造林后，由于保护措施得力，绿化成果非常明显。

母亲领我到代庄姥娘家，沿着书堂河边一条高低不平的弯曲小路走着，我时常会跌倒，母亲生气地说我调皮不好好走路，其实那条路确实太狭窄，一不小心就会掉下去。到大岭附近的时候，有几块高高的大石头挡住我们，只好从石头的夹缝里转过去才能再前行。后来规划建设孟良崮水库，淹没了村里仅有的一些好地块，但是毕竟存贮了水，解决了附近地块的庄稼浇水问题。当然，这几块大石头也淹没在水库下面。我一直记着这个地方，几十年过去仍清晰如昨，隔着水面我都能准确指出那条小路和石块的具体位置，让很多朋友感到惊奇不已。

这里开始修建从孟良崮到代庄的山区公路是 20 世纪 70 年代初。修成的路面尽管只有三四米宽，但一下子让闭塞的山村与外界顺畅起来，村子里开始有很少的自行车和地排车。到 1980 年，我学会骑自行车后，不久也有了一辆自己个人的自行车，骑着车上坡下坡，特别是雨季被水一冲，路上沟壑遍布，车轮上下蹦跳，尽管这样我们都感到那么自豪和幸福。

20 世纪 90 年代中后期，经过多方努力，又开始新一轮公路升级建设。书堂村的路变成了宽阔水泥公路，骑自行车走在路上再也没有强烈颠簸震荡感。尽管已经离开那里，回去的也不很多，但我对那里的交通变化感到由衷高兴，乡亲们终于可以走在平滑的道路上了。

最近几年这里又通上更宽更平的公路，并且从栈山口子那个地方通向蒙阴那边的泉桥、垛庄。过去累得浑身酸疼才翻越过去的险峻关隘，现在从书堂中桥附近不知不觉就走到山口最高处。20世纪80年代，我和几个伙伴去位于泉桥附近的孟良崮烈士陵园，我们的自行车没法从这里骑行，最后只好放在家里，用整整一天工夫，咬着牙翻越一个来回才实现了心愿。现在，真让人有一种天堑变通途的感觉。

## 自然村在逐渐消失

书堂村过去有三十六个自然村，这些年发生了巨大变化，笊篱头、小雕窝、杨大曼家等都已经无人居住，很多自然村人口越来越少，村民的居住地点开始逐渐集中到山下平缓地带，甚至一些自然村的名称也在逐渐消亡。

小时候我去得最多的地方是村里门市部，母亲经常让我拿几个舍不得吃的鸡蛋到那儿换盐，那个地方离我家不近，需要走很长一段路，越过一个小山岭才能到达。大队安排的代销员方脸大个，说话总是带着笑，人长得帅气，对人也和气，我一直叫他大哥。记得他家住在老林后、泉子沟下一个叫石巴的斜坡上，可是由于家庭贫穷，住的屋子很不像样，又加上身体不好，所以一直没有找到对象。有一天，我突然听到一个惊人消息，他上吊自杀了。我还记得一个小学时候的同学，没有父亲了，和母亲相依为命，也是到很大还没说上媳妇，后来也是自杀身亡，他母亲白发人送黑发人，当时的场面是那么让人悲伤。很多人议论说，是贫穷无味的日子让他们失去活下去的乐趣，失去对这个世界的留恋。

最近这些年书堂村已经发生翻天覆地的变化，留守在那里的一些自然村的人，大多也是因为承包山地发展果树，为经营方便没有搬离。多个自然村的年轻人都已搬下来，如小雕窝两户姓吉的全都搬下山，建起了新房。直沟高元芹的大儿子搬到了小书堂，二儿子在西安买房成了大城市的市民。还有一些在村里建起楼房，经营生意。更有在济南、青岛、临沂买了楼房的，更多的是在县城购买房产。在书堂中桥不远处，就有多座别墅式小洋楼，很多家的门口都停着高级小轿车。我有时候回去看看，由于道路几次重修和改变，想找的地方相对位置已经发生变化，竟然不能确定某个自然村的具体位置。碰到一些十几岁或二十几岁的人，问一下他们都会感到莫名其妙。有一次碰到一个青年人，我热情地问他："笓篱头在哪儿来？应从这个地方看什么方向？"他有点发愣，摇头喃喃着："笓篱？笓篱头？"我告诉他说："这是咱们村的一个地名，我找不到具体方向了。"他无奈地笑笑说："我也不知道。"

目前村民人均有板栗1亩以上，少的户每年仅板栗收入也在七八千元，多的达到五六万元，种植板栗成了一个重要支柱产业。2019年农民人均纯收入达到了1.3万元，存款三四十万元的户不在少数。

看到这种情况，我想这里应该很少有光棍汉了吧。前几天我和至今仍居住在书堂村的同学通电话问这个方面的情况，他沉吟一会儿说不能说没有，但和以前相比是少了，最后他和我说了两三个年龄较大的人的名字，说只有他们这几个还单身。

这些年来，书堂村的身姿越来越漂亮，村子里这些变化都深深地印刻进我的心里，并如电影中的经典桥段一般时常在我脑海中浮现。我深深感到，脑海里的这些书堂村零星映像，绝对能从一个侧面映射出我们国家这些年发生的巨大变化。

书堂，书堂，你是我永远的牵挂，更是我频频回望的精神家园啊。

2019年8月18日下午至深夜

　　（发表于2019年8月30日《沂南通讯》"阳都风"版、
2019年9月6日《临沂日报》"银雀"版、2019年第9期《娱
乐体育·新老年》）

# 书堂回望

其实，人是双脚踏着土地的高级动物，即使到了科技高度发达的当下，大多数时间还是生活在大地上的，所以对孕育我们、生长我们的山川河流自然有一种骨子里的亲近感。

我小时候生活的书堂村，处于雕窝和瓠子山、万泉山之间，名字极富诗意。那里风光别致，山上树木茂盛，随处就有淙淙流水。据说是由于明朝末年豪绅刘皋在此建别墅用于避暑读书，故有了这么个富有雅意的名字。全村一千多口人，却分布在三十六个自然村之中。

在一个地方生活，最常涉及的就是当地一些地名，地名与日常生活随时交织在一起，深深印在我们的心灵里。

记得小时候母亲会随口告诉我们，父亲到夹山里整地去了，到老民安栽树去了等，听到这些我们就知道一整天都不回家的父亲所在的具体位置。

由于生活在大山里，出山的感觉也新鲜，但最终留下深刻印象的还是由山外走回山中那种记忆。

麻家岭属于代庄村，居住有六十多人，是一处隐藏在路边绿树深处的一个自然村。记得有一次和二妹从姥娘家回来，过代庄河就进入茂密的马尾松树林，走在中间唯一的一条土路上，风声变化着声调让我们时时害怕得不得了。走着走着，玩心又大起来，这里看看那里瞅瞅。突然发现一棵马尾松下蹲卧着一只小野兔，它也一点都不害怕，我走过去伸手攥着它的两只耳朵提起来，它才吱吱叫起来，同时用力蹬着，我一紧张松了手，它掉到地上快速向远处跑去。

再向上走不远就进入书堂村的地界，首先能看到是左边的孟良崮水库。水库刚修建起来不久，东南的水面紧贴着瓠子山脚，绿树茂密的山影倒映水中，山顶上那个长长的石头瓠子在水中友好地向我们伸展过来，离我们一下子近了许多。右边树木掩映的是叫雕窝山后的几户人家，这是雕窝山下的一个自然村，在村驻地北一里处，清末开始有人居住，住有四五十人。小时候走亲戚，父亲常领我从这个地方早出晚归经过，记得到这个地方总是天还不明，回来时又总是已经天黑，就总能看到几十里路外一座大水库五孔闸上那一排明亮电灯，让小时候点着一豆煤油灯的我对那么亮的电灯充满裙往。

继续下坡上坡后，右手路边这个地方叫老安家，住着几户安姓人家，村里最早的中共党员就出在这儿。往前走几步，过一小桥，上一个很小的坡，下坡后出现一座单孔石桥，左边的自然村叫麻坡，这个地方住着二百多口人，是清朝道光年间从外村迁入的。这座桥上游是一座小水库，上小学的时候，我们中午经常偷跑到那里去洗澡。老师站在学校周围堵一阵儿，但还是会让回家吃饭的我们钻了空子。午后来上学的时候，老师会用手指甲在我们皮肤上抠出一道白色印痕，这就说明是偷着去下水了。那时候，我们会潜到水库最底部，在下面一把把攥那黑黑的黏泥，每把都能洗出几个小黄蛤蜊来。水库中高高低低矗立着几块石头，我们还会爬上石头从上面一头钻入水中尽情游动。有一次刚下过雨，水位上涨了很多，水色浑黄。有个同学忘记了某块石头的具体位置，在钻入水中的时候被水下石块把胸部皮肤擦破一大片。

再向前走一段平路，不远处就到了左边的李家。李家这个地方，住着几户李姓人家。那儿有个果园，李家的房子都在果园里面。我的二姑姥娘就住在这里，小时候过来走亲戚，二姑姥娘总会扭着小脚去拿出一个漂亮苹果递到我的手上。

不远的右面岭坡上是村里新建的小学，几间教室都是石头干插墙，给人一种崭新感觉。顺路继续走，又遇到下坡，路右边有一棵大杏树。每到放学时候，女主人总是拿个板凳坐在树下，怕放学的小学生糟蹋树上青杏。但我们中还是有个别同学用手中早已准备好的石块用力向树上投过去，有时也会打掉一两个青杏，很多同学跑上前去争抢，根本不顾女主人劈头带脸的斥责。

不久就到了村驻地，又是一个大的聚落，接近六百口人，村里的主要姓氏高家大多住在这里。一条小溪从高低错落居住着的人家之间蜿蜒流去，不大的高家林地在自然村中间，里面竖立着高氏谱碑。林地西北侧是一个叫泉子沟的地方，因为岭坡上有一眼旺盛泉眼出来的水流向这条沟中。

驻地正南二里处又有一自然村，在山沟内一块平地上，叫大坪沟。抗战时期才有人搬来居住，最多时有四十人。

过了这个自然村，向左面小河对面的山坡看过去，又有几个山坡上的自然村依次为石牛上、王家、大路沟等。石牛上是因为那个地方有块牛形大石头得名的。王家是因为有一户王姓人家住在那里。大路沟有一条通向垛庄的大路经过，位置在村驻地西南 4 里处，住户也是清朝末年才迁入的，有四五十人。

在正南方山里还有老民安，属于天水栈的一个自然村，据说是明初郭志普等官吏被贬后在此居住，他们被称为老民，就叫老民安了。

玉皇顶后在驻地西南 4 里的大庵顶山东侧，道光年间始有人住，后来发展到四十人，山顶原有玉皇庙，这儿在玉皇顶的庙后，故而是这个名字。

还有一处自然村叫大庵，在驻地西南五里的地方。同治时期立村，后来繁衍到七十多人。这里原有庵，至今还有一棵很大的银杏树站在那里。

　　这就是我小时候生活过的书堂村，多年以后再次回望，仅仅这些自然村名，就让人感到充满温馨。

2016 年 2 月 20 日

# 苹果树

母亲的娘家在代庄，后来经别人介绍和在林场工作的父亲组建家庭，我们家就在林场的两间草房里安落下来。从我记事起家的前后左右就都是苹果树，四周的苹果树就是我们家的院墙，我们等于是在果园里安了家。

有一次我回去，在过去我家住房位置凭吊一番后，就到卧着一块巨大石牛的那个自然村转了转，这个地方以此得名叫石牛上。石牛一侧是石头摞着石头的山涧，组成一个个大小石棚。以前石棚下流水玲琮，小鱼虾在清澈的水里嬉游。我也曾在这里多次乘凉洗澡，捉鱼摸虾。但这次很失望，水已经不再清澈，鱼虾的踪影也全不见了。要走过一条小河的时候，碰到在石牛上那个地方居住的一个老妇，她认出我后热情打招呼，说起我父母都在刚接近 60 岁时就去世，她惋惜地说道："你家住在苹果园里，那个时候光打药，是不是也和这个有关啊？"她的话一下子说中了我的心病，其实多少年中我一直也是这么想的，只是没有说出过而已。林业人为造林营林，为绿化荒山付出的确实很多很多。

苹果树林中的这个家给我带来很多美好的感受。春天看花开花落，蜂飞蝶舞，颇能怡人情怀；初夏傍晚到果树下捉我们叫节溜龟的知了猴，早起拿一根杆子到树下将刚出来尚不能飞的嫩蝉戳下来，都是很有趣的；夏天的晚上在四开敞亮的天井里铺下一领席子，卧看银河、北斗和牵牛织女星，大人们会讲

出一段段动人的故事；秋天果实累累，秋花皮、小国光、红香
蕉、红玉等各种苹果挂满枝头，芳香扑鼻，惹人喜爱；冬天四
面一片光秃秃的时候，可以走得更远一点到桃树下捡拾桃核，
卖掉桃仁也是一笔小收入。有时刺猬会发出老头子咳嗽的声
音，让我们觉得应该来了尊贵的客人，赶紧出来迎接的时候，
结果是它在爬来爬去。它并不怕我们，但我们一触动就会蜷缩
成一个圆圆的刺球，过半天才又舒展开身子，快速向前爬去。
猛然地，野兔会蹦跳着，急急地向一边跑远，就像有什么紧急
任务去完成似的。有时候，也会偶尔看见湿腻滑溜的槐花蛇扭
动着柔软的腰肢，搔首弄姿，显出风情无限样子，也并不让人
觉得恶心和害怕。

　　林场和书堂村相邻为伴，我对于住过的这个地方始终充满
感情，对林场和村里的人都有亲如一家的感觉。父母去世后我
们搬离，住过的房子不久就被拆掉，但我会经常跑回去站站走
走，缅怀回想一番。年龄比我大的大多都还认识，差不多同龄
的就更不用说，再年轻的很多就都不认识了。认识的见了面，
很远就会热情打招呼，让我感到心里热乎乎的。有一次我和两
位朋友到明朝时候就有人从徐州过来修行的大庵那个地方考察
天启年间的石碑和庙宇遗址，碰到已经几辈住在这个山沟里的
徐立德老人，他热情地让我们到他家里喝茶水，并详细向我们
介绍这里的情况。我主动告诉他我小时候就住在林场里，他问
我姓什么后一口叫出我的乳名，随即就说起我们家的情况，并
诚挚地称赞我父母的为人。同行的一个女文友没有听清楚，后
来开玩笑地再问老人家我的小名时，老人马上意识到不合适就
再也不说，还因叫了我的小名一再向我表示歉意。我说没有什
么，小名就是叫的，老人家才慢慢把这事儿放下。

　　大山里的生活是有趣的，更是很艰苦的。在护林营林过程
中，很常见的就是为林木打药。我小时候一过代庄村前的小
河，山岭上是密密麻麻的树林，一直到孟良崮，都是交织在一

起的赤松、黑松、紫穗槐、刺槐、赤杨、五角枫等，当然最多的是赤松和黑松树林。只有中间一条小公路在密林深处向前延伸，风声在林间肆虐，发出长长短短的怪叫声，貔虎、獾等野物在林间随意游动着。任何一条小沟里，都有清水流淌，树枝向水面任意伸展。绿化成果如此突出，是包括父亲在内的林业人多年辛勤付出的结果。但是，赤松和黑松最常见的虫害是松毛虫，如果不及时防治，树头会被成片吃得光秃秃，树木也随即死去。父亲和他的工友们，经常需要背着喷雾器向树林喷洒农药，每次喷药时那浓郁的药味弥散在空气里，所有人都没法避免地呼吸着。他们虽有防护措施，但会接触和吸入那是毫无疑问的，这怎能不对身体造成严重损害？我家前后左右的果树打药次数就更多，每当这时空中就会水雾迷蒙，任意飘洒，防不胜防。林场里只有一口井，在伙房前的一个岭坡下。每当井里快没有水的时候，解决的办法是从上边的小水库里往下放水，把在高处离井二十多米的一个大石塘灌满，不几天后井里的水就会又多起来了。那个石塘我小时候经常去洗澡游泳，边上放着几个大水缸，缸里几乎常年有蓝色的、黄色的药水，石塘里的水也散发出硫磺、蓝矾刺鼻的气味。石灰是配备石硫合剂的主要成分，过滤石灰的池子在果园里就更多了，我家东边就有个大池子整天冒着热气。据我所知，在这里工作过的马大爷、林叔叔、四个刘叔叔，还有吕叔、褚叔等，在年龄不是很大的时候就都得恶疾去世。父辈们的付出，由此可见一斑。

时间过去这么多年，我家住的房子早不存在了，房子四周的苹果树也全部消失了踪影。但那绿树在家边围合的蓊郁茂密苹果树，还时常会出现在我的梦中，并经常出现在我的笔下。

2019 年 4 月 15 日上午

（发表于《临沂日报》2019 年 5 月 24 日第 7 版）

# 法桐树下

"大树长，大树长，你长粗来我长长，你长粗来做架梁，我长长来孝敬爹和娘……"我们这里有个习俗，大年五更小孩子要去抱着树干转圈唱这个歌谣。小时候我并没做过这个游戏，但这个流传很广的温馨歌谣，却总让我想起小时候，想起院子里那棵陪我长大的树。

在林场居住的时候，家西面有一段水泥砌石建成的水渠，我们一直叫它水道。西边窗口往前五六米远处紧靠水道长着一棵法桐树。再往前又有一棵榆树，独特之处是春天长叶秋天长榆钱。这是另一种榆树品种，学名叫榔榆，俗名叫作要榆。"要"或者应该是"拗"的音变，口语变音成了"要"也未可知，反正就是颠倒、别扭的意思。因为住的是公家房子，又在苹果园里，所以并没有院墙遮拦。父亲在垦前墙与法桐树间扯上一根铁丝，白天可以晾晒衣服，晚上将我家喂的黄狗拴在铁丝上的一个套环里，让狗能顺铁丝来回跑动着给我们看家护院。这棵法桐树长得高大自然，充满生机和活力。妻子对于城里林荫道旁那些头部锯掉，矮矮矬矬，憋乆旁枝的法桐树习以为常。说起家中曾有棵法桐树她觉得十分惊奇，一脸怀疑，觉得当年那棵似乎不是法桐树。我说："那才是自然生长的法桐树！"

院中的这棵法桐树和我家的生活有着密切关系。几个妹妹和一个弟弟都出生在这里，胞衣都埋在这棵大树下的土地里。

我有可能不出生在这房中，但我从记事时就在树下嬉戏玩乐。它一直伴随我们不断成长，最后我们都是从这棵树下走向远方的。

夏天，这棵树为我们遮出一片阴凉。母亲在树下挽起裤脚搓麻线。我们兄弟姊妹多，记得她小腿上经常被麻线搓得红殷殷的，出现很多让人心疼的血点，但她还是不住地搓着，依旧谈笑风生。冬天，寒风萧瑟，树枝被风刮得发出呼呼叫声，尚留在法桐树上的一些果实会吧嗒一声摔碎在地上，细小的颗粒和毛羽被风吹向四方。一豆煤油灯下，石头墙的房屋漏风，母亲在纺线车前摇动着嗡嗡响的纺车，摇出我们身上穿的冬棉夏单。

那时候生活困难，房子又是林场早期盖的，破破烂烂，低矮幽暗。门窗陈旧不堪，窗子上在很长时间里都没有玻璃，就是用木条钉死的。艰难日子里，苦涩记忆都会留下来。二妹有次说，母亲煎个鸡蛋正在这棵树下给她吃，我因为吃不到在一边生气，随后突然上前摔过碗来，摔在了地上。我一点都不记得了，但她说后仔细回想，好像还真有这么回事儿。在这树下，我也受过一些委屈，记得有次，林场里一个姓马的阿姨在树下和母亲说话，我在一边蹦蹦跳跳，嘴里可能还发出一些怪声来。过了一会儿，不知怎么回事儿，她突然脸色难看起来，严肃地和母亲说我骂她。我当时不知所措，母亲不管三七二十一，上来照着我的屁股就打起来："叫你骂人！叫你骂人！"我委屈地哇哇大哭起来，母亲转过头去一再向马阿姨道歉。阿姨也甚觉无趣，很快就讪讪地走了。后来她调走，听说也是年龄不很大就已经去世了。这些往事，今天想来，反而都很温馨。

我们家八口人，除了父亲户口在林场，其余全落在书堂村生产队里，队里种得最多的是地瓜。秋天来临后，生产队每天下午都会将地瓜往各家各户分一次。人家大都在附近地块切成瓜干晒上，母亲爱干净，往往都要把地瓜运回家中，堆在法桐树下，用水洗干净以后再切成片运出去，找干净的大石头摆上晒干。

秋季夜晚，这棵法桐树下是我们一家人集中干活场所。堆在法桐树根部的大堆地瓜，需要用搓板手工来切成薄片再找地方摆开晒上。搓板是在一个木头板中间用小锯子和凿子抠出凹槽，然后固定一个刀刃向上的锋利刀片制成的。切地瓜的时候，用手推着地瓜上下反复搓动，地瓜就会慢慢变小变轻以至于彻底消失，切成的鲜地瓜片都漏到下面去。如果天光看不清了，就会点上一盏可以手提、能防风雨、燃烧煤油的马灯，在法桐树上钉上一个铁钉，把它高高挂上去。母亲总会说一句："呵，高灯下亮。"在这么一盏微弱灯火下，最小的妹妹或弟弟往掌搓板人跟前扔地瓜，便于快速拿起切出来，别的人从地下把切出的瓜干捧到家什里，运走去找地方晾晒。我最喜欢干的活是切地瓜，把搓板插在筐头的筐系之间，那头顶在法桐树干上，拿起一个地瓜，"噌噌噌"一会儿筐里就满了，抽出搓板把筐往一边一推："走！"接着拉过另一个空筐，又开始切起来。多么威风，多么痛快，比蹲在那里摆瓜干可强得多。越来越熟练，点灯费油，摸黑我也能凭感觉切地瓜。为了速度快，往往摸起来就去搓板上推动，快到刀刃处才感觉出那是掺在里面的一块石头，只好赶紧硬生生停住，否则会把搓板刀片毁掉。还有的时候，头可以来回扭动，上半身也可以左右拧来拧去，和别人一边说着话一边快速切地瓜，一点也不影响干活速度。得意就会忘形，有次不知怎么右手大拇指放得偏下了一点，连地瓜带手指一起送上刀刃，大拇指尖部一阵钻心疼痛，被刀片切开一道口子，手指甲也劈成两半，指甲肚上先是白森森的，随后开始出血并越出越多，只好停下来找点消炎药颗粒撒上，用胶布使劲缠住，然后再去继续干，会变得小心起来。那次刀伤，让我右手大拇指至今还留有一道深深刀痕。看着这条伤痕，我会想那被我们钉到树身上的铁钉给大树造成的伤害也是很重的。后来这棵树再被用锯子锯的时候，可能同样会伤到锯子。

给我留下酸甜苦辣记忆的这棵法桐树，在我们搬离的时候已经长得更加高大了。当时我想，它和我们一家相伴几十年，我们搬走以后只能自己孤独地站立在这里，也不知还会站立多长时间。

果不其然，我们再回去，房子不知何时已被林场里拆掉，高大的法桐树也不见了踪影，但是它的形象始终挺拔牢固地留在我的心中，面对连那棵榆树也不存在的空旷土地，耳畔又回响起那个歌谣："大树长，大树长，你长粗来我长长，你长粗来做架梁，我长长来孝敬爹和娘……"

可是，爹和娘也都不在了啊。

2019 年 4 月 16 日上午<br>（发表于《沂南通讯》2019 年 4 月 19 日第 4 版"阳都风"）

# 春树暮云

　　平时一提起孟良崮，我马上就会把这座挺拔的大山与父亲的身影联系在一起，甚至恍惚中会觉得我的父亲已经彻底融入和消失在这座高高的山峰之中，和大山完全融合在一起了。

　　"林场工人高开芳说：'英雄们能在这里消灭敌人，我们就能把这里建设好！'"这是在1965年7月3日《大众日报》第2版发表的通讯《今日的孟良崮》中对父亲的一份珍贵记录。

　　那个时候我很快就要三周岁了，虽说我一点都没有留下记忆。但时隔50多年，在父亲已经去世23年后的今天，我却能感受到父亲的那种壮志和豪气。

　　当时的两位记者丛竹、浩然特意描绘父亲，这是颇为不平常的。对记者丛竹我不太了解，浩然全名郝浩然，我曾接触过他几次。他是著名记者，采访是非常认真的。他干了一辈子新闻记者，笔触伸向哪里都是认真斟酌过的。他们之所以关注父亲，我觉得这是因为父亲在治理、绿化和管理这座著名的山峰及其整个林区中是比较突出的，不然的话他们怎么会在几十位职工中选择将笔触伸向父亲呢？

　　父亲很年轻的时候就离开家参加了孙祖苗圃的创建工作，作为一个年轻的小伙子他充满朝气，工作积极，不怕吃苦受累，受到领导和同事以及孙祖当地百姓的称赞。

　　父亲与孟良崮结缘始于1958年3月。这年的4月上旬，孟良崮要作为临沂地区治山的样板山进行治理，所以地、县领导高度重视，县委书记李守克坐镇孟良崮，地委常委、副专员张清波亲自率工作组参加战斗，驻临沂的解放军6085部队近2000名官兵也开上孟良崮，和当地百姓一起，经过15天突击，5天扫尾，投工20多万个，完成了1万多亩的治山任务，被称为第二次孟良崮战役。

在集中治山马上就要开始的时候，父亲和另一个同事陈洪玉被从孙祖苗圃提前派往书堂村准备筹建孟良崮林场。记得小时候，家中有多幅黑白照片，有的是战士和当地百姓向荒山开进的情景，有的是他们在山中挖鱼鳞坑、修梯田形水平线、围沟头拦山坡上流失水土、修谷坊蓄水的一些生动图片。

前几年，为了解父亲当年到孟良崮的情形，我特意去采访知情人陈洪玉，他回忆了第一次到孟良崮的情况："当时苗圃的负责人老孙安排你爸和我到那里去，我俩兴冲冲地一早就出发，可是我们不知道去干什么和怎么干啊。其实老孙也不知道，只是按照上面的安排马上就让我们去了。当俺俩步行大半天到了书堂村，都是零星居住着的当地百姓，我们不知道找什么人接头，到哪里喝水吃饭住宿也不清楚。"他笑了笑接着说："我们俩人下午就又跑回苗圃，老孙问我们怎么回来了，我们说了情况后他就给县里打电话，然后告诉我们明天再回去。好在他告诉我俩，这次要去老百姓家里住下来，先选择地址准备建设林场的场部。于是我俩又回去，在村民高元伍家住下来，开始工作。"

集中治山结束后，更艰巨的任务是把整治过的地方都栽上树。他两人一边在那里选择地址准备盖林场的第一批房子，一方面组织当地百姓在春季的大好时光里开始上山栽树。去苗圃运来苗木分给当地百姓，在他们保质保量栽上树以后，与他们结算工钱。又过了一段时间，上级开始派来了林场负责人派来了会计等，又招来一些工人，林场初具规模，工作开始更加有序地开展起来。

在领导班子配齐后，我年轻的父亲转变身份安心地在这里当一名林业工人，并在这座大山里工作了一辈子。后来一直担任林场的主业组组长，集合工人安排每天的具体工作都是他的事儿，难活苦活他总是带头冲在最前面。母亲曾经多次心疼地抱怨："你这是干的什么？越是下雨越是往外跑，越是雨大越到山上去淋着雨栽树，这样会把身子伤坏的。你说说这些人能对你没意见，净得罪人！"每当这时，父亲总是大度地笑笑："下着雨栽树才容易成活，只能这样干。再说谁也不会有意见，不这样干怎么干？"父亲他们平时也会到山上去栽树，只是需要浇水更加费事，进度相对来说会慢不少。其实每年中适合栽树时节在他们的感觉中是不长的，大片荒山摆在那里，每年的绿化任务必须超额完成，不这样干还真没有更好的办法。

改革开放的新时期到来后，父亲的造林护林营林工作也进一步得到肯定，多次被评为各级的先进工作者，至今我的手头还有奖励给他的写着"先进工作者"的笔记本等。这个林场从1958年3月建场以来没有发展过党员，仅有的几个党员都是从外面调入的。1976年第一次发展党员，父亲和其他两人被毫无疑义的发展为党员，据说是准备对他们三个人委以重任的。但不久开始重视选拔有学历的人，父亲仅仅上过几年小学，到退休还是担任主业组组长。

父亲提前退休，主要由于我母亲和我们几个孩子都是书堂村的农业户口，政策规定可以提前退休安排一个子女脱产到林业单位当工人，并且这个政策以后可能不会再有。那个时候我已经考学出来工作，二妹也已经是工人了，父亲提前退休让我三妹顶班去了林场。

由于父亲一直在这里工作，了解林场情况，和当地百姓关系融洽，林场决定返聘他继续留下工作。当时面临着又一次林业确权，地方国营林场和周边村庄的纠纷越来越多，母亲和我们几个大点的子女都不赞同他答应返聘，知道只要他去干就会两边挨挤，这是一个得罪人的差事儿。他也有些犹豫，上级和他谈话后他还是答应了。整天不分白黑地工作着，坚持实事求是原则。就这样，他于1991年5月离开了这个世界。

后来我们逐渐离开了那儿，但父亲和我们一家对孟良崮有着太多的牵连。我和那个地方也有太多的感情，我出生在此成长在此，直到参加工作才离开。在离开多年后，我一直坚持每年几次回到林场我们家原来的那个地方。房子早已不存在，有很多人也已经不认识，我还是会默默地在那儿站一会儿，然后找块露出地面的、我家曾在上面晒过地瓜干的石头，坐下来沉思一阵子，然后再悄悄地离开。

现在正是春天，我的大脑中浮现着这样一幅图景：孟良崮上树木青青，山溪淙淙，春花怒放，百鸟齐鸣，落日时分暮云汇聚，舒卷自如……

2019年4月14日晚

（配照片发表于2019年4月25日《临沂广播电视报》第17版、5月10日《沂南通讯》第4版）

# 母亲的孝心

从小到大，我对母亲的孝心，感受是很深的。

时间过得真快，到今年母亲去世已三十周年。那时候，父亲的单位刚刚有了一辆吉普车，母亲医为咳嗽不止决定用小车送她去检查一下，出乎意料的是马上被留下住院。半个月后竟然慢慢不能起床，也逐渐不认识人，进入弥留状态。我们从一个地毯厂找了一辆车，赶紧让母亲回到那棵法桐树下我们住了很多年的房子。几天后，母亲在昏迷中慢慢停止呼吸，离开了一直围在她身边的我们。

1989 年那个寒冷初冬夜晚之后，我们家一下子变得不完整了，很多现实问题需要重新谋划，当时面临的最大问题是把母亲安葬在哪里。

父亲出生在茶臼庄，母亲出生在代庄，他们两人结婚后我们家就在父亲工作的国营林场里，母亲和我们几个孩子的户口也就落在了林场附近的书堂村。

因为在公家单位里住，很多事情不好处理，于是父母商量后决定回父亲的老家盖一处房子，让我们全部搬回老家居住，父亲好一身轻地在单位里工作。

通过极度省吃俭用，房子终于盖好，母亲却不愿意回老家居住，最大的理由是需要和另一家共扎西边的屋山墙。当时为节约用地，老家那儿划宅基，就是这样安排的，所以另一户利用我们家的屋山墙连着我们家盖起房子，这种方式有些别扭，但当时很流行，叫作"接山（墙）"。

其实母亲这种说法是一种托词。父亲很清楚，我也心知肚明。母亲是想继续住在这里，离她自己的父母近一点，好对父母尽自己的孝心。

我的外祖父住的村庄，是母亲出生和年轻时候生活的地方。母亲对那个地方很留恋，更对自己的父母充满感情。只要没有特殊情况，每当那里五天一次逢集的日子，她总会雷打不动地步行七八里路，带着自己节省下来的一点好吃的东西，去看望我的外祖父母。

我们家生活一直不宽裕，一年总共不会改善几次生活，长时间就是粗茶淡饭。一年仅有几次杀鸡，每次也就杀一只，可我们家吃的都是鸡身上肉少的地方，全家八口人每人扒不了两筷子就露出碗底了。她自己很少动筷子，只是心满意足地看着我们吃。两条鸡大腿和鸡脯肉都被母亲留下，放上盐精心腌制着，等到集日那天送到外祖父母家里去。

一直到她病逝前，她对自己父母的这种孝心一直坚持了下来，到集日就会去娘家，把自己家里平时舍不得吃的用的，拿到那里去孝敬两位老人。

外祖父母最疼爱的是小儿子，也就是我的三舅一家。他们一直生活在一个院子里，生活得很融洽，一直没分家。据母亲说他这个小弟弟考上过师范学校，因为不想当老师就没有去报到上学。我有次和临沂大学一位教授交流起来，他说和我三舅当年是同学，三舅学习成绩很不错。三舅回家探亲的时候，我也问过他，他说这个同学当年学习确实不如他。这也证明母亲的说法并不是空穴来风。据母亲说，三舅后来又闯过青海，去过新疆，后来回到本村在生产队当会计。到1969年，三舅觉得当时的生活太不如意，再次下了决心，要把全家迁移到新疆察布查尔县去。外祖父心里很是不舍，但又不能阻止已经拖家带口的三舅。送三舅一家去坐车，因为交通不便，要经过我们家这个地方，再跨越一处叫栈山口子的山丫巴，一共要走二十多里才能乘上车。那时候我已经记事，记得很多人呼呼隆隆去送三舅一家。外祖父也亲自步行去，我父母都陪在一起。后来母亲多次念叨，说外祖父在送儿子走以后，回来的路上多次伤心过度，晕倒在路上。

过后母亲就有了把我二妹送到外祖父家陪伴两位老人的想法，母亲说三舅一家猛然走了，两位老人会很冷清，所以要把六岁的二妹送去。其实那个时候外祖父才五十多岁，我二舅一家就住在外祖父隔壁。母亲对自己父母想得就这么周到，把自己的孩子送到那里一待就是 11 年，直到 1980 年二妹被招工参加工作才离开外祖父母家。

老家的房子盖起来后，一直闲置在那里，每年都需要回去维修，后来实在没有这么多的精力和财力，又加上母亲也一直不想回去居住，我们也都逐渐变大，回去的可能性更不大，所以在母亲多次动议下，这套房子最后被处理掉。后来，母亲甚至一直想在我们家的责任田里盖上一套房子安度晚年，这当然是不现实的，但她想的就是不离自己的父母远了。

母亲对父母尽到了最大孝心，就是在去世前她还是坚持每个集日都去看望老人。

母亲 1989 年刚刚 56 周岁就去世，父亲知道母亲有不想回老家的心思，就与我们几个子女商量把她安葬在哪里的问题。作为家中长子，当时我问父亲："您百年之后打算安在哪里呢？"父亲毫不犹豫地说："当然回老家。"我就当场表了态："那就把我妈妈也安葬在老家！如果安排在我们落户的村庄里显然不合适，恐怕也不是妈妈的本意。回到外祖父的那个村庄，那更是不现实的。妈妈已经对自己的父母尽了孝心，咱们还是让她回老家去吧。"弟弟妹妹都觉得这样安排是合适的，于是我们就这样处理了母亲的后事。

安葬母亲以后，我一直在那里守林，当时我们高家林地里还有茂密的柏树，第二天早上气温更低，树上结成了雾凇，整个墓地一片洁白。

母亲的孝心，是那么朴素，那么真诚，让我永难忘怀。

2019 年 4 月 17 日下午

# 防震棚

在我八九岁的时候，父母亲带着我们几个孩子住进了防震棚中。

好像是很突然的一天，各家各户都开始急火火搭建简易防震棚，单位里也都建起面积大很多的防震棚。父亲在工作之余，找来一些木棒，在一小块开阔地上先用铁丝捆绑出一个木架房屋结构，把用麦秸打成的一领领苫子罩上去，两头那三角形状屋山墙部位一头堵死，另一头安上一个简易的小门，在里面打上地铺，就可以住人了。

记得住进去的当天晚上，外面任何动静都让我感到好奇，平时躺下就能睡着，那晚过了很久才睡去。长大后才知道，我们这儿处于沂沭断裂带，历史上就是地震多发区。1668年发生过8.5级地震，小地震时常发生。1969年渤海发生7.4级地震后，我们这儿立即成为国家主要监视区之一。在这种情况下，上级层层部署防震工作，普遍要求搭建防震棚。

在防震棚里居住，毕竟和在房子里面生活有很大差别，躺在地铺上也不如在床上舒服。尤其是夏天，空气闷热，地面潮湿，蚊虫叮咬，让人受不了。而到冬天，北风呼啸，四面透风撒气，里面和野外也没有太大区别，让人冻得难以入眠。煤油灯的一豆灯火东倒西歪，会随时被外面钻进来的冷风扑灭。好在不长时间，这股地震风在民间就过去，人们陆陆续续搬回原来居住的房子。我们一家也舍弃这个防震棚，回归以前的生活状态。

这个防震棚成了家中放置杂物的小型仓库，苫上的麦秸逐渐烂掉，有时会出现漏雨情况，父亲就自己动手，再打几领苫子重新搭上去，防震棚就又完好如初。

几年后，唐山大地震发生，再次掀起地震恐慌。很多人传说，著名地质学家李四光曾预告我们这里早晚要发生一次大地震。在知识分子地位低下时候，李四光的名字竟被长时间挂在大众嘴上，成为人人皆知的著名科学家。

父亲拾掇一下原来那个防震棚，我们又一次住进去。记得好像很短时间后，就再次搬回了房屋中。当时很多人说，这样防地震什么时候是个头啊。慢慢地就又一次懈怠下去。后来，我们这里又流行用粗细钢管焊制防震床，结果也成为一阵风。往楼房里搬的人，就只好将防震床当废铁卖掉。不管防范什么事情，只要时间长了不发生，就都会产生懈怠情绪，然后被慢慢遗忘。防范意识逐渐丧失，其实是一件非常可怕的事情。

读初中时，我们在学校搭建的防震棚学习过一年左右。那防震棚规格高一些，位置在学校操场东边。四周先用土石垒筑半米多高，上面再撑起苫盖麦草屋顶的木屋架子，安全实用，防震效果好。记得有个女同学，报告说丢失一支钢笔。那时钢笔是贵重物品，能有一支钢笔是很奢侈的事儿。事情发生后，老师很重视。又加上之前也丢失过一些零星东西，于是先开班干部会通报情况，研究分析班里有偷盗前科的学生，最后排查出几个值得怀疑的同学。不知怎么，竟然把我们村里一个和我们一路上学的同学也排了进去。不知道老师是怎么和他谈的，有一天这个同学的哥哥来到学校，下午放学时和我们一道回家，在路上他大声地骂骂咧咧，把我们吓得一声都不敢出。现在想来，那个防震棚的门根本关不严实，什么人都能随意进去，再说那个女同学的钢笔到底是在哪里丢失的谁又能说清！这件事儿，最后不了了之，但当时搞得人人自危，伤害了好几个无辜的同学。

随着家中几个孩子逐渐长大，我们一家七八口人住两间房子越来越不方便，父亲就又在我家门前一条水泥砌成的石水渠南侧平整出一小块场地，做成一间低矮的团瓢屋防震棚让我住进去。

这间团瓢屋，东墙借用水渠墙体，其他三面用几根木棍支撑起来。父亲用细绳把玉米秸横着绑上木棍，再用麦糠和泥涂抹上去把玉米秸遮盖住，从外表看就是泥土墙体。

在这间小屋里，我住了好几年。初中、高中、师范期间，只要放假我就住在这儿。在这里，我才用上了玻璃罩子灯，在这种明亮灯光下我读了很多书。那时对《红楼梦》的看法太过肤浅，但又知道这是一部名著，还是硬着头皮在灯光下看完了贾府整天吃喝玩乐的生活。记得有一天夜晚，头顶上用报纸糊起来的虚棚上传来一阵出出律律的声响。我抬头一看，破裂报纸缝隙里，一条蛇的白色肚皮慢慢滑动过去。当时有点害怕，但没有大声疾呼，更没有去叫父母来，听不到动静后我躺下很快就睡着了。

如今，几十年过去，贯穿于我整个早年生活的防震棚早已消失踪影，成为记忆深处一个模糊意象了。

2015 年 6 月 6 日夜

（发表于 2024 年 2 月 4 日《临沂日报》第 A6 版"银雀"）

# 我家的条编用品

　　说起条编，很多人可能想到就是柳条编织起来的器具，我们家也有从集市上买来的洁白柳条编织成的簸箕、筐子等日常用具，但我说的可不是这些较高档的物件，而是就地取材、家人或邻居帮忙给编制的更耐用的大量日常用品，这些东西给我留下很多难忘的印象。

　　我家住在果园里，每到秋收后果树需要剪枝，以确保第二年健康成长，大的树枝林场里会收拾起来供伙房里做烧柴，那些小手指粗细的枝条就没有人收拾了。我会去捡那些没有枝杈的顺滑枝条慢慢积攒着，到有一小堆时候就可量材使用，把它们编织成大小筐头。苹果枝条柔韧性较差，必须用韧性大的腊条或绵槐条作经，最先把它们搭成一个米字框架，然后用果树枝条从最里面向外转圆圈，交叉着上下通过米字架构，编第二根的时候再交叉先下后上地和上一根相对编织，这样一根根向外扩展着，筐底就打好了。可以根据要编筐的大小确定筐底大小，然后再向上呈直角拢经，把那几根做经线的枝条拢折起来，由平铺在地上让它们变得竖起来，再接着一根根往里面交叉补编苹果枝条，枝条一圈圈编进去，到一定高度后，就可以收边儿。一件器物，收边甚至比打底更重要，因为边沿结实不结实关系到器物使用寿命，同时体现着手艺高低水平，是否做到美观也同样重要。收边时需要把经线部分留出合适高度，然后与继续往里编织的枝条拧结在一起收拢好。至于筐系，由于苹果枝条编织的筐头比较大，一般是右往上拢经开始的时候插进去三根用火烤纡弯的木棍，它们早已被编织进去。在收好边沿以后，把三根做筐系的弯曲木棍在最上部归拢起来，用铁丝拧结实就可以了。这样一个赭红色为主调的筐头编成，用它盛装东西，尤其用它装地瓜最实用，当然挑粪肥，甚至挑石头都可以。

用来搞条编的还有荆条，我家周围的野坡里很多地方都随意地生长着一蓬蓬荆棵，秋后把它们收割起来，捡出没有枝杈的按粗细分成两堆，放在一处阴凉地阴干几天，待它们稍稍收敛水分变得更加柔韧的时候，就可拿出来使用。在我们那儿，荆条最适宜编成粪箕子和提篮，那时没有化肥，全靠农家肥种庄稼，所以很多人赶集上店、出工收工都会在肩后斜背着一个粪箕子，手里拿着一个粪叉子，顺路拾点粪或交给生产队里挣点工分，或放到自留地里肥田。故而那时候粪箕子是很普遍的，但我们家没有编过粪箕子。我上学的时候，学校里让每天早上在上学路上拾粪交到学农的田地里。我是用一把铁锨，撅着一个小筐头拾粪的。我们家主要是用荆条编提篮，同样需要先打底，底部可以编成圆形，也可以编成长方形，把荆条拢经后的编织过程和编筐基本一样，只是收边的时候需要留出两绺儿荆条，等到收边后把它们扭结成提篮系。这样留出来拧成的系把儿，又美观又结实耐用。

我们家还会积攒一些腊条或绵槐条用来编花篓筐，相对来说花篓筐是大物件，也更需讲究编织艺术，需要找人专门帮忙编，因为是邻居并不需要付工钱，编好后管一顿饭即可。首先要划开枝条，这个人右手握着一个头上带锋利三角刀片的工具，用刀刃对准枝条粗头，手腕往下用力弯一下就能将一根腊条或绵槐条劈成均匀的三根条片。用整根枝条搭好底子框架，并用较细一些的滚圆枝条打成椭圆形的底子，拢经后用劈开的枝条开始编织，边壁编到一拳头高的时候，就开始花样编织了，边壁上要编出菱形或六边形就像拳头大小的空隙，整个花篓筐的腹部就是由错落有致的纵横枝条组成的留空图案。到六七十公分高时再用圆枝条密实地编织一拳头左右，然后收边儿，最后编出系把儿，一个精美花篓筐就编成了。花篓筐主要适宜装用笆子搂的柴草，有时候也用于收集从棉棵上摘拾的棉花。小时候，我背花篓筐去搂柴草是平常事儿，那时烧火用草量大。

家里还会用削下高粱穗后的下边那段莛子编织一些工具，如用麻线穿插着缝起来，削掉多余部分，一把笊篱就做成了，在很多年里我们家打水饺，捞剁得细碎的蔬菜，甚至我到小山沟里去捉小虾，都是用这种笊篱。也可以订成上下十字交叉成两层的平面"盖顶儿"。用麻线订制的时候，可以缝圆圈麻线痕也可以是方形的，然后留好线痕将边上多余部分的莛子用锋利镰刀削掉，就是一个或圆或方的"盖顶儿"。可以当锅盖、缸盖、盆盖，可以在上面摊晒东西，可以在上面排列新包的水饺等，用途是很多的。

记得家中也有用腊条和绵槐条编制的囤，可以在里面盛很多地瓜干，在平口以上用地瓜干围绕着囤边继续往上叠摞，只要把周边摞好，还可以向上堆积很多地瓜干，那一圈圈一层层整齐的瓜干外围，就像一件艺术品一样好看。

在生活中几乎不能再见到这些用品，那种枝条的清香气息已经远离了我们……

2019 年 5 月 13 日下午

（发表于 2023 年 10 月 16 日《济南时报》第 13 版"温故"）

# 蚊子草

夏天的傍晚，在小城坚硬的人行道上随意走着，突然从奏着简单乐器唱老歌的一堆人群周边飘来一股浓郁香气，我一下子兴奋起来，惊喜地说道："这是点的蚊子草绳啊。"走近一看果真如此，一段手腕粗细的草绳头上没有火焰的红红炭火，一缕青烟向四下里不断弥散着，这是在用老旧的办法，驱除不断偷袭的蚊子呢。

过去在农村很多人家连蚊帐也没有，就是用它驱逐蚊子的。晚上临睡前，在房间里点燃上，就能赶走蚊子，睡一个安稳觉。

最近这些年，这种驱逐蚊子方式在农村都消失，能在小城里见到显得更稀罕。

多少年中，我一直试图弄清蚊子草的学名叫什么，开始我认为它叫紫云英。因为它们紧贴着大地向四处繁衍，六七月份会开出细密紫红小花，就像铺展在山坡上的紫色云朵。又加上有一种蜂蜜叫紫云英蜜，质量好价格也较贵。而在我们这儿，蚊子草花蜜同样是最优质的蜂蜜之一。我就先入为主，觉得它叫紫云英是很合适的。结果我查到的紫云英是一种矿物质，再后来查到了植物紫云英，但都和蚊子草不搭界。多年来，我一直留意这个问题，终于看到了曾留学美国的著名养蜂专家章元玮的文章《北方山区的一种主要蜜源植物——百里香》，知道了蚊子草的学名是百里香，文章中说蚊子草是山东对百里香的一种称谓，"百里香是我国通用的名称，它的别名为麝香草"。

蚊子草平时匍匐在贫瘠山岭薄地，一般在十多厘米的样子。它个身矮小，小叶片卵圆形，植株分枝形成密集小丛。土中的根系互相纠缠在一起，很难把它们拔出来，往往扯断下来的大都是茎叶部分。我一直觉得它是草本植物，也就是长得结实罢了。想不到深入研究才知道，这么细小、孱弱的蚊子草，竟然是枝条匍匐的木本多年生植物。它茎的上部草质，在开花后枯萎。基部的茎是木质的，虽比灌木矮，却是一种园艺学上的亚灌木。

小时候，我家也是居住在林场里一处低矮草房里，那房子连个窗户都没有。每到夏天傍晚，蚊子在门口嗡嗡飞着形成圆球似的一个大蛋。如果不关好门，晚上睡觉可就惨了。就是把门关得很好，它们也能从一些缝隙里飞进来，进出门更会让它们趁机而入。即便有蚊帐也不能全部挡住它们，时常咬得人难以入眠。只好在床前地上，点上一根用蚊子草拧成的粗绳，让它冒出的青烟把蚊子尽量驱之门外。屋里本来就很热，点上它后那火头会让人增加一种炙烤感，再加上烟雾"乌突乌突"的，那种闷热同样让人难以睡去。但权衡再三，还是得点上这根粗粗的草绳，热和叮咬疼痛相比，相对还是轻一些。

那时候我们家院子是四敞大开的，林场所有房子都没有院墙。我家四周全是苹果树，院子是沙土压平的，很坚硬也很干净，就是下一场大雨也不会泥泞不堪。房屋山墙西边，有十几米长的水泥砌的石头水渠，那是为从后面山间水库里放水浇灌果树修建的。夏天傍晚，我们会在水渠边平地上铺下一领席子，一家人或坐或躺，在这里乘凉。由于还没有通电，四周黑魆魆的。但也有很多好处，天像蓝莹莹的穹庐，镶嵌在上面的星星纯粹似宝石，一切都那么纯洁干净。尽管风儿一阵阵吹来，但那调皮的蚊子还是会偷着飞过来咬人，这时就会时常响起手掌拍击肌体的"啪啪"声。再不行，就得赶紧点上一段用蚊子草拧结的草绳，烟雾散发出的气味往四下飘散着，不一会儿工夫蚊子就没有了。

叔叔阿姨、大哥哥大姐姐们转悠过来，也会随意在席子上、水渠边上坐下来，和我们一家人随意地说着话儿。兴趣浓起来，哪位叔叔就会开始讲故事。讲的过程中，往往会有插话，甚至会就某个情节辩论起来。但气氛随和，不会发生激烈的语言冲突。

蚊子草燃烧尽，父亲或某位叔叔会默默地从墙上挂晒的蚊子草绳中再拿来一根点上，那散发着浓郁香味的烟雾就又升腾起来。

一次参加国有林场采风活动，在山坡上见到这种成片生长的植物，又让我想起了小时候用镢头刨蚊子草拧结草绳的情景。

那时我经常会找一片密实的蚊子草生长地，有间歇地刨几镢头后，弯腰把它们连同根须一起抓起来，抖掉纠结在根间的细碎土石，然后将它们扔到一边。在阳光下晒蔫后，就可将它们不是很紧实地拧成一根草绳，挂上墙晒干就可随时点燃。间隔着刨出它们，周边的蚊子草那繁茂发运的根须很快就会又伸过去缝合这些地方，不会造成植被破坏和水土流失。

2019 年 5 月 12 日晚

（发表于 2022 年 8 月 24 日《农村大众》第 B4 版"高粱地"）